集英社オレンジ文庫

愛を綴る

森　りん

HE TAUGHT ME THE SPELL OF LOVE

CONTENTS

イラスト／夢咲ミル

愛を綴る

プロローグ

「フェイス、あなたはお母さんのようになっては駄目よ」

伯母《おば》は、フェイスを抱きしめながらそうささやいた。

雪が降っていた。荒野の中の凍りついた道を行く荷馬車はごとごとと揺れた。伯母の腕の中で毛布に包まれたまま、フェイスは冷たい雪片が鈍《にび》色の空からひらりひらりと落ちてくるのを見ていた。

「お母さんは、どうしたの」

フェイスは尋《たず》ねた。伯母は目を伏せて洟《はな》をすすった。母は一週間前から起きられなくなり、三日前にはしゃべらなくなり、最後にはまばたきさえもしなくなった。

フェイスが母親のそばで座っているのを伯母が見つけたのは今朝のこと。伯母は空腹で座り込んでいるフェイスを毛布でくるんで荷馬車に乗せてくれた。

「お母さんが言ってたの……」

フェイスは母が話せた頃の、最後の言葉を思い出した。

「お父さんに会いたいって」

フェイスの言葉を聞いて、伯母はわっと泣きだした。

「あの人は、もう来ないわ。たった二十五ポンドの年金でカリンを放り出して。あの人は、妹を、美しかったカリンを見殺しにしたのよ」

フェイスは、伯母の涙が毛布を濡《ぬ》らしていくのをぼんやりと眺めた。

「あなたはお母さんのようになっては駄目。カリンのように、愚《おろ》かな男に一瞬だけ愛されて、身を滅ぼすようなことがあっては駄目よ」

伯母の言葉を聞きながら、十歳のフェイスは理解した。

村の外れのおんぼろの小屋で、貧しさに喘《あえ》ぎながらもフェイスを育てた母は、父を信じ待ち続けた。寒さと飢《う》えと病に倒れ、動くことができなくなっても、待ち続けた。そうして、結局報われることはなかったのだ。

「お母さんのようになっては駄目。カリンのようになっては……」

伯母の言葉がぐるぐると回る。寒さも、空腹も、なにもかもが冬の空に吸い込まれていくようだった。

第1章

五月祭りの市は午後四時で終わってしまう。ああどうしよう。道を間違えたのかしら。でも看板にはこちら側だと矢印が書いてあったし。

カッコウの鳴く声しか聞こえない森の道を、とにかくフェイスは歩き続けた。

木々の間の地面を、ブルーベルが青いかすみのように覆《おお》っている。ここのところ長く続いていた季節外れの雨のせいで、道はところどころぬかるんでおり、破れかけた彼女の靴もその被害をこうむっていた。

そもそも、エドワードの家庭教師の体調が悪いからいけないのだ。

エドワードというのは、フェイスが勤めている屋敷の持ち主、ファーナム侯爵の次男坊である。フェイスより六つ年下、御年十一歳のやんちゃ盛りのエドワードは、どういうわけか、勤め始めたばかりのメイドのフェイスと気が合った。仮にも閣下《かっか》と称されるお方に対して気が合う、というのもはばかられるが、実際、二人は遊び相手としてちょうどよかったのである。侯爵も侯爵夫人も長男も、ロンドンに行っているこの時期は、館は静かなものだった。まだ幼いからとロンドン同行が許されず、一人館に残されたエドワードは、暇をもてあまして使用人たちにちょっかいをだす。そこで、家政婦長のミセス・ナッシュは、メイドの仕事は手が足りているから、エドワードの相手をするようフェイスに頼んでくるのだった。

とはいえ、今日ばかりはどうしても祭りに行きたかった。お給金がもらえて初めての祭りである。これまでは欲しいものがあっても指をくわえるしかなかったが、少ないとはいえ現金を手に祭りを楽しめるのだ。それなのに、家庭教師のミス・マナリングは、調子が悪いと寝込んでしまい、午後になるまでエドワードの相手をできないという。仕方なく、今日もお昼ぎりぎりまでお相手をさせられて、屋敷を飛び出したのだ。

それなのに……。

森はますます深まるばかりで、いっこうに五月柱の広場に着かない。はたして、道の先には増水した川と壊れた橋が見えた。

「行き止まり……。そんな……ひどい」

フェイスは思わずがっくりと肩をおとした。

やっぱり道を間違えたのだ。引き返してもこれでは間に合わない。フェイスは泣きたくなった。いや、いっそのこと泣いてしまってもいいかもしれない。どうせ森の中なんだし。そう思っていると突然声がした。

ないではないか。
突然怖くなった。盗賊《とうぞく》に遭《あ》ったらどうしよう。こんなところで襲われても誰も助けてくれ
　フェイスはぎょっとしてあたりを見回した。しかし、なにも見当たらない。フェイスは

「道に迷ったのか？」


　フェイスはぎょっとしてあたりを見回した。しかし、なにも見当たらない。フェイスは突然怖くなった。盗賊《とうぞく》に遭《あ》ったらどうしよう。こんなところで襲われても誰も助けてくれないではないか。

「ここはまだ通れないよ」

　またしても声がした。下のほうからだ。フェイスが目線を下げると、壊れた橋脚《きょうきゃく》の後ろから、にゅっと男の顔が飛び出てきた。フェイスは思わず悲鳴を上げた。

　男は、土手をひょいと登るとフェイスに近寄ってくる。彼女は恐怖に駆られて後ずさろうとしたが、破れかけの靴のかかとが地面から突きだした小岩にひっかかった。あっと思った時にはすでに遅く、彼女は後ろ向きにすてんと転んでしまった。

　ひっくり返った痛みにうめいていると、頭上に影が差した。さっきの男が見下ろしている。フェイスはとっさに叫んだ。

「わたし、わたし、お金あんまり持ってないの、だから、襲っても無駄よ！」

　男はきょとんとした顔をしていたが、やがてこらえきれないように笑いだした。

「きみは、ぼくのことを盗人《ぬすっと》か何かと勘違いしているのか」

　まだ口元に少し笑みを残している男を、フェイスはまじまじと見た。まだ若い。おそらく二十五は越えていない。泥のついたフランネルとサージの作業服を着ている。日焼けし

た首にも顔にも汗がにじんでいて、鉛《なまり》色の髪が張りついていた。灰色の目は、状況を楽しんでいるかのような色が浮かんでいる。

あら、まあ。盗人にしてはハンサムなほうじゃない。

「……違うんですか？」

「生業《なりわい》は盗みじゃないな。それどころか、人助けをしているところだよ」

彼はそう言って、フェイスに手を伸ばして助け起こした。

「看板を立てておいたはずだけど。橋が壊れてるから矢印のほうには来るなって」

「あれは、そういう意味だったのね」

フェイスはため息をついた。

「どこかに行く途中かい」

「……五月祭りに」

「なるほど」

彼はフェイスの様子と、日の傾きから割りだした時刻から、察しをつけたようだった。

「送ろうか？」

「え？」

「五月祭りに行きたいんだろ。馬車で行けば間に合うよ」

「馬車なんてあるんですか？」

「向こうに。一頭立ての荷馬車だけど、歩くよりは速いよ。荷台でよければどうぞ」

間に合うかも、とフェイスは顔を輝かせた。しかし、すぐに猜疑心《さいぎ》が芽生えた。

この人、見ず知らずなのに、どうして私を連れていってくれるなんて親切を申し出てくれるのかしら。だいたい、橋の下で何をしてたのかもよくわからないし、怪しい。すごく怪しい。まあ、顔は悪くないし、盗人ではないとしても、人さらいかもしれない。

胡乱《うろん》な思いが顔に出たのだろう、彼は面白そうにフェイスを見下ろした。彼はフェイスよりも頭一つ分は背が高いのだった。

「ぼくは領地管理人の手伝いをしてるんだよ。増水して橋が壊れたと聞いたから、直す手配をするために、被害状況を調べに来たんだ。で、馬車は、測量の道具を載せるのに借りてる。返す道に五月祭りの会場があるから、途中まで同乗はいかがかと誘っているわけだ。どうする？」

男の言い分はもっともに聞こえた。それに、間に合うかどうかの瀬戸際でもある。

「乗せてもらいます。ありがとう！」

☆　☆　☆

一八九六年五月一日

今日、森で奇妙な娘に出会った。壊れた橋の状況を調査しているところだった。そもそもが、普通にしていたらあり得ない状況だ。

ぼく、リトン子爵という儀礼称号を持つルシアン・シャーブルックは、ファーナム侯爵の長子であり、正統な後継者である。従って、本来ならば今の季節はロンドンにて社交に励むべきであるが、今年は侯爵領の領地にいる。

それというのも、過去三回のロンドンでの社交シーズンを経《へ》て、社交界というものにすっかり苦手意識を持ってしまったからだ。貴族の長子の最も重要な役目は、あけすけに言ってしまえば、跡継ぎとその予備を作ることだ。つまりは誰かと結婚しなければならない。それはぼくだけの話ではなく、この国の上流社会の人々の義務でもある。そして、社交界というのは、そういった若い男女の巡り会う場でもあるのだ。それは理解していた。

しかし、実際の社交界は、想像よりもはるかに多くの人の思惑が行き交う場だ。これまで会ったこともない若い女性が、なぜかぼくのことを事細かに知っていて、次から次へと近づいてくる。ぼくが裕福な侯爵の跡継ぎであり、独身であるがゆえに、最有力花婿《はなむこ》候補とされていることに気づくのに、たいして時間はかからなかった。女性たちが好意を寄せてくれるのはもちろんありがたいことだったが、そこに下心のようなものを感じ取ってばかりいると、さすがに及び腰になってしまう。それでも三回は社交シーズンを乗りきったのは、父の期待を裏切らないためだ。

今年も一度はロンドンへ行った。しかし、いとこのヘンリー・シャーブルックが、領地経営を手伝ってほしい旨《むね》を申し出てくれた。かくして、ぼくは、議会に赴く父と、その後妻をロンドンに残し、侯爵領モアランドに戻ってきたのだ。

しかし、モアランドにやってきたぼくに、ヘンリーは農家さながらの生活を強要した。ヘンリーは侯爵領モアランドに隣接した領地の地主だが、同時にモアランドの土地管理も行っている。ファーナム侯爵領は広大だったが、ヘンリーは人に任せきりではなく、できる限り自分で動くことを信条にしていた。ヘンリーは当然ぼくにもそれを求めたというわけだ。実際、手をつけてみるとやることは山ほどある。領地内の橋が増水により壊れたら、直す義務も当然あるのだ。とはいえ、橋の前で迷っている女の子を助けるのは義務ではない。したがって、ぼくが彼女を助けたのは純粋な好奇心からだった。

壊れた橋で道に迷っていた娘はフェイス・ジョーンズと名乗った。まだ十五、六といったところで、すこぶる背が低い。粗末で今にもすり切れそうな服に、破れそうな靴を履《は》いている。ただ、たっぷりとした金髪に縁取られた顔立ちは整っていて、薄い色の青い目はきらきらしている。ロンドンの令嬢たちとはなにもかも正反対で、それが余計にぼくの気をひいた。

彼女は、最初は警戒心むきだしだったが、荷馬車に乗ると楽しそうにしゃべりだした。

「やっぱり馬車だと速いわ！　さっきあそこの水たまりにひっかかりそうになったのよ。ねえあなた、名前はなんて言うの」

「ルークでいいよ」

　身分を言って、目の色を変えられるのにはうんざりしていたので、そう答えた。それに、ルークというのは愛称であって、決して嘘《うそ》ではない。

「ふーん、ルークっていうのね。領地管理人さんのお手伝いをしてるの？　私このあたりに来たばかりだからあまり詳しくないの。ねえ、モアランドパークって知ってる？　私そこに勤めてるの」

　それを聞いてぼくは少し考えた。モアランドパークは領主館の名前であり、ぼくの家でもある。このようなメイドが、モアランドパークにいただろうか。

「勤めたばかりなのか」

「そうよ。この間初めてお給金もらったの！　少し使ってしまったけど、まだ十四シリング四ペンスもあるの！」

　そう言って手提《てさ》げ袋の中を見せようとしてくるので、ぼくは少々心配になった。

「初の給料なら大事なものだろう。人に見せないほうがいい」

「あら、それはそうね」

　そのあとも、フェイスはしゃべり続けた。五月祭りの会場の屋台でパイの食べ比べをしてみたいということ、人形劇の『パンチとジュディ』を是非《ぜひ》観たいけど、間に合うだろうか、ということ。森の中から、サンザシを飾った五月柱のてっぺんが見えてきて、ようやく会場にたどり着いた。フェイスは元気よく荷馬車を降りた。

「やったわ、間に合ったみたい！　ありがとうルーク！」

そう言って、彼女は転がるように五月祭りの会場へと走っていった。

嵐のような娘だとぼくは思った。けれども、ずいぶん久しぶりに、偽《いつわ》りのない素直な言葉を聞いた気がした。

☆　☆　☆

フェイスは途方に暮れていた。

日が長くなったため、周囲はまだ明るいが、祭りはもうお開きの時間だ。広場の屋台は畳まれ始めていた。にもかかわらず、フェイスは会場隅《すみ》の丸太の上に小さくなって座り込んでいた。祭りの間にあったことを思い出すと、また涙がこぼれてくる。

ああどうしよう。このままでは帰るにも帰れない……。

「フェイス？　どうしたんだ。パイを食べ比べしたんじゃないのか」

声をかけられて、フェイスは振り返った。先ほど馬車で送ってくれたあの男だった。

「……祭りを楽しめなかったのかい」

フェイスはすぐにしょぼしょぼとうつむいた。

「……お金、なくしちゃったの」

ルークは、目を丸くした。

「まさか、さっきみたいに見せてまわったわけじゃないだろうな」

「違うの。私、お金を使うのに慣れてなくて……。パイを買おうと思って一ペンス出そうとしたら、手提げ袋から全部こぼしちゃって。慌《あわ》てて拾おうとしたんだけど、全部は見つからなくて……」

「それは……。人混みの中で十四シリングも落としたら持っていかれてしまうだろう」

「探してるうちに靴も破れてきちゃうし、お店も閉まってきちゃうし……」

彼は目線を下げて、憐《あわ》れな有様の靴を見た。もともとぼろぼろだったが、今はつま先の甲と靴底がぱっくり剝《は》がれてしまっている。

「……どうやって帰ろうかと思って……」

「それで、泣いてたわけか」

フェイスはうなだれながらも頷《うなず》いた。破れた靴の隙間《すきま》から、靴下の先がのぞいている。ルークに見られていると思うと恥ずかしかったが、どうにも隠しようがない。

フェイスは肩を落とすと、破れた靴を脱ぎ始めた。

「……歩いて帰るしかないわよね」

「靴なしでモアランドパークまでか」

フェイスはため息をついた。モアランドパークまでの道のりの大半は森の中で、道の状態はそれほどよくない。なんとか日が暮れる前にたどり着かなければいけない……。

「それは危ないよ」

「仕方ないもん」

「ぼくが送るよ」

フェイスは思いもかけない提案に、驚きの声を上げた。

「えっ。いいわよ。一人で帰れるわ」

しかし、ルークは引き下がらなかった。どういうわけか、半分怒ったような表情で送ると言い張った。結局、押し問答の末に、フェイスはルークに送ってもらうことになった。

☆　☆　☆

……祭り会場の隅にうずくまっている彼女の姿はしおれたキュウリのようだった。聞けば、お金を会場で落としてしまったという。驚きも覚えたが、同時に妙な感動も覚えた。どうやってここまで生きてきたのか、全くもってナゾだった。しかも彼女は靴を壊してしまったという。裸足《はだし》で野道を歩けば小枝を踏んだだけでもけがをしてしまうかもしれない。渋る彼女を説得して、ぼくは彼女をモアランドパークまで送ることにした。

「ごめんなさい。なんだか今日はあなたにお世話になってばかりね……」

フェイスはしおしおとつぶやいた。破れた靴を手に、大人しく負《お》ぶさっている。それなりの重さはあるが、背中にあたる柔らかい部分と、温かさは悪いものではなかった。靴を脱いで、靴下だけになった右足がぷらぷらと揺れている。靴下はすけるほど薄い生地で、かかとと親指の部分に繕《つくろ》った跡がいくつもあった。

「きみは、モアランドパークに来るまではどこにいたんだ」

「伯母《おば》さんのところよ。ウィンフィールドの近くにいたの」

とりとめのない会話から、ぼくはフェイスが農家の親戚の家で育ち、やがて知り合いの紹介でモアランドパークにハウスメイドとして雇われたことを知った。

「ルークは?」

どうしたものかと一考したが、嘘はつかない方向で答えた。

「今はぼくも親戚の家に厄介《やっかい》になってる」

「あら、私たち似てるのかしら」

やがてぼくたちはモアランドパークの敷地にたどり着いた。

「今日はありがとう。わざわざ送ってくれて。お礼しなくちゃ。どこに住んでるの?」

　ぼくは少し考えた。興味深い子だが、ぼくがファーナム侯爵の一家の者だと知ったら、ここまで打ち解けることはなかっただろう。雇い主と雇用者なのだ。それは面白くない気がした。ぼくは鉛筆と紙を取り出して、書き付けをしてフェイスに差しだした。

「ここに来れる？」

　が、フェイスは困惑したように紙を見つめるばかりだった。

「どうした？」

「……あの、私、字が読めなくて」

　もごもごと言う。ぼくははっとした。そういえば、橋が壊れていることを記した看板も読めずにいたではないか。驚くことではない。小学校教育法が適用されても、貧しい家の者が学校に行かずに済ませることは、よくあることだった。

「どこに行けばいいの？」

　なんとも気まずい沈黙を先に破ったのはフェイスだった。

「……ホワイトベルハウスはわかるかい」

「領地管理人さんのところね」

　ぼくは紙にもう少し書き足して、フェイスに渡した。

「これを見せればぼくのところに通してくれるはずだ」

「わかった。今日は本当にありがとう。またね！」

フェイスはさっと靴下を脱ぐと、夕闇《ゆうやみ》の中を裸足のまま館に駆け戻っていった。

☆　☆　☆

モアランドは八代続くファーナム侯爵家の伝来の領地であり、総面積は全部で四万エーカーにも及ぶ。しかし、荒野を意味するモアランドの名に示されるように、領地の多くに荒地を含み、元来実りが多い土地ではない。それに加え、先代、先々代の野放図な領地経営と、無計画な投資のせいで、一時期、領地は大いに荒れた。現ファーナム侯爵が相続した時は、借金がかさみ、領地を手放す寸前にまで陥《おちい》ったという。ファーナム侯爵は伝来の土地を維持すべく、新たな産業の導入を模索した。まず、多額の持参金を持つ妻《めと》を娶り、当面の危機を脱した。その後、羊を荒地に放牧し、羊毛を採取して毛織物の加工を行った。妻の持参金を元手に購入した蒸気機関を利用した羊毛工場は、多くの利益を生むようになった。貴族は本来働くべきではないという世間の価値観をはねのけて、侯爵は見事にシャーブルック家を再興したのである。

そのシャーブルック家の領主館がモアランドパークである。

「ふーん、それじゃあ、『パンチとジュディ』の人形劇も観られなかったのか」

とエドワードが尋《たず》ねた。

「そうなんです。結局昨日は靴が壊れるわ、お金はなくすわでろくなことがなくて」

「だからぼくと遊んでればよかったんだよ」

「そういうわけにもいかないですよ。ミス・マナリングが元気になったんですから」

翌日、フェイスは子ども部屋でエドワードの相手をしていた。四月から八月までのシーズンは、ファーナム侯爵一家がロンドンに行ってしまう。仕事に厳しい執事も一緒にロンドンに行ってしまうこともあり、モアランドパークは使用人たちにとっての天国となる。

エドワードは侯爵家の次男坊で、当年十一歳。黒灰色の髪に茶色の目をしていて、顔もまるまるとしている。いかにもいたずら小僧という感じだが、実際にその通りだった。

またしても家政婦長のミセス・ナッシュにエドワードの世話を仰《おお》せつけられたフェイスだったが、現在の二人の使命は、屋敷内に秘密基地をつくることだった。モアランドパークにはたくさんの客室があったが、奥のほうには古い家具をしまい込んである部屋があった。家具も壊れかけのものばかりなのか価値もあまりないようで、ミセス・ナッシュも二人が中で自由に遊ぶのを黙認していた。二人は出入り自由のその部屋で、埃《ほこり》を取り払い、せっせと家具を動かして、ふさがっていた窓を開け、模様替えをし、お菓子を持ち込んだりして居心地よく設《しつら》えていた。

「エドワード様は、領地管理人さんをご存じですか?」

「ああ、ヘンリーだろ。ホワイトベルハウスに住んでる。いとこなんだ。時々遊びに来るけど、フェイスはまだ会ったことがなかったっけ」

ふうん、じゃあ、昨日会ったルークはそこに勤めてるのね。

「なんでそんなこと聞くの」

エドワードは、古いチェストの隠し引き出しを開けるのに夢中で、気のない様子で尋ねた。

「私、勤めたばっかりで、まだ侯爵様のご一家にお会いしてないな、って思ったんです」

「使用人たちにとってはいないほうが楽かもね。おばあさまと母さんは仲悪いし、父さんは厳しいし。兄さんは話がわかるほうだけど」

「私たちにとっては厳しくても、エドワード様にとっては大切な家族でしょう?」

「大切にしてるなら、ぼくをほったらかしてロンドンなんか行かないよ」

エドワードはむくれたように言った。貴族の子どもは乳母か家庭教師に育てられて、親に会うのは一日に一回ぐらいだという。子どもにとっては辛い習慣かもしれない。

「ご一家が帰ってくるまでは、私が一緒にいます。それじゃ不満ですか?」

「フェイスがいてくれるなら、かまわないよ」

エドワードはにやっと笑った。かちんと音がして、チェストの隠し引き出しが開いた。中には古いレース生地が入っているだけだったが、エドワードは細工を開けられたのが嬉《うれ》しいらしく興奮した様子で言った。

「開いた！　だいたい仕組みがわかってきたよ。どのチェストもこの辺に隠し引き出しがあるんだよな」

「何か入れましょうか？」

「この間見つけた、鷹《たか》の羽根を入れようよ。あと、貝殻《かいがら》の化石と……」

☆　☆　☆

一八九六年五月二日

今日は羊の毛刈りで一日が終わった。まもなく羊も放牧が解禁されるので、それまでに毛刈りを済ませなければならない。毎日がへとへとだ。

いとこのヘンリーに、領地経営を手伝ってほしいと頼まれた時は、ロンドンから逃げ出せることとしか考えていなかった。しかし、実際にヘンリーの手伝いをしてみると、ことはそう簡単ではなかった。ヘンリーはほぼ毎日のように領地の現場に向かう。侯爵領は広大だが、順々に巡り、問題が起きていないかを見て回るのだ。問題がない時は、小作人たちと交じって作業を行う。ぼくはそれに必ずつきあわされた。

最初の一カ月は戸惑ったものだ。しかし今では、彼のやり方が合理的ではないかもしれないが、一つの方法として成功を収めていることを理解している。また、ぼく自身もここでの生活で多くを学び、楽しみ始めていることは否定できない。

それにしてもモアランドは素晴らしい土地だ。ファーナム侯爵家の所領は、ヒースの茂る荒野も多い。本来ならば、豊かとは言いがたい地域だが、にもかかわらず父の手腕はこの地を繁栄させている。幼い頃、父はぼくを連れて所領の各地を回ったものだ。羊の放牧の始まる春、緑あふれる夏、ヒースの赤い花が荒地を覆う秋、静かに雪に包まれる冬。そして今、この歳《とし》になり、再び直《じか》に所領を歩くことで、あらためてこの地への愛着を認識している。この地をいつの日か相続するのかと思うと、ぼくは誇らしさで胸がいっぱいになる。

ヘンリーはいい奴だ。身体《からだ》も大きいが、心も大きい。ぼくより三つ年上なだけなのに、すでに自分がどう生きるべきかを理解している。一度、彼に聞いたことがある。

「ヘンリー、きみはファーナム侯爵家の血を引いているのに、生まれの順番で侯爵にはなれそうになくて悔しく思ったことはあるか？」

するとヘンリーは呆《あき》れたようにぼくを見返した。

「なんでそんな面倒くさいものをありがたがらないといけないんだ？　侯爵になったら定期的にロンドンに行かなければならないだろうが、私は都会を好まない。それに私は受け継いだ領地に満足しているし、今の侯爵から頼まれた領地管理の仕事も楽しんでいる。だいたい侯爵になろうとしたら、きみの父親が亡くなり、きみがいなくなり、さらにエドワードにも死んでもらわなければならない。そこまで面倒な殺人事件を起こしてまで侯爵になりたいとは思わないね」

ヘンリーと共に泥にまみれて作業をしていると、誰もぼくがリトン子爵とは気づかない。作業のあとに事実をヘンリーが述べると皆驚くのだが、一度共に作業をしたあとであれば、打ち解けるのも早いものだ。ぼくは肩書きにとらわれない人生のあり方に、解放感を感じている。

そういえば、昨日知り合った女の子とも、肩書きと関係ない出会いだった。よく考えてみると、ぼくがリトン子爵であることに気づいたら、彼女は態度を変えてしまうかもしれない。そこでぼくはヘンリーに相談をもちかけた。

「なるほど、リトン、きみはこうしてほしいわけか。モアランドパークに勤めているメイドがここに来るかもしれない。もし来ても、きみの身の上を明かさないで、迎え入れてほしい、そういうことか?」

ぼくは彼女の靴が壊れて苦労していた有様を伝え、もし来たならば、少しぐらいはいい思いをさせてあげたいことを告げた。

「ははあ」

とヘンリーは言ってにやにやし始めた。

「なんだよ」

「いや、よきイングランド国教徒として、正しい心がけだと感心したんだ。わかった。館の者には伝えておこう。きみの大事なゲストだとね」

彼女がホワイトベルハウスに来るかどうかはわからないが、来た時は快《こころよ》く迎え入れることができるだろう。

☆　☆　☆

結局、フェイスがホワイトベルハウスに向かったのは、五月祭りから三日後のことだった。料理人にお菓子を作ってもらってバスケットに詰め、一マイル半の道のりを歩いた。

ホワイトベルハウスは、それほど大きくはないが、手入れの行き届いた素敵なお屋敷だった。使用人たちの出入りする裏口から入り、中から出てきた中年の家政婦に、ルークからもらった書き付けを渡した。

「あのう、ルークはいますか。もし忙しくなければ会いたいんです」

家政婦は、書き付けを見て目を丸くしたあと、フェイスを中に案内してくれた。

何を驚いているのかしら？　と思ったが、使用人ホールでバスケットの中身をのぞいていたら、気にならなくなった。美味《おい》しい匂いを嗅《か》いでにんまりしていると、ホワイトベルハウスの執事がやってきた。白髪交じりの、ふっくらした優しそうな男性だった。

「ルシ……じゃなくて、ルークは少し立て込んでいるので、こちらへどうぞ」

「私、ここでいいですよ」

「まあまあ。せっかくですから」

執事はフェイスを母屋《おもや》に通すと、日当たりのいい応接室に案内してくれた。古い作りの部屋だった。水色の壁紙に茶色の腰壁、カーテンは薄い青で、椅子《いす》の張り布は少し濃い青。まるで水の底に沈んでいるかのような青い部屋だった。

「あの、間違ってないですか。私、こういう部屋は……」

「間違っておりませんよ。お茶をお持ちしますから、ここでしばらくお待ちなさい」

というわけで、ルークを待つことになった。しかし、どう考えても場違いな気がして、バスケットを抱えたまま、青い部屋をそわそわと歩き回ってしまう。

ふと、窓際に行くと、朗々《ろうろう》とした声が隣の部屋から聞こえてきた。

「……美しい思い出は、日のぬくもりのようなものです。柔らかで暖かく、確かに存在しているのに、抱きしめることも、つかむこともできず、ただ感じ取るだけ……」

ルークの声だった。どうやら本を読み上げているらしい。

こんな風に本を読んでいるのを聞くのは初めてだった。もっと聞きたくて、窓を開けると、よりはっきりと声が聞こえた。フェイスは窓際に置かれた安楽椅子に座った。知らない単語も含まれていたけれど、物語の面白さは伝わってきた。聞き入っていたので、紅茶が運ばれたのも気づかないくらいだった。

咳《せき》払いの音がしたので、フェイスははっとして顔を上げた。部屋の中に黒髪の男がいた。背が高く、肩幅も広い。上等な服の上に、ややいかつい日焼けした顔が乗っている。歳の頃は三十前後といったところだろうか。彼がじっとこちらを見ているので、フェイスは落ち着かなく挨拶《あいさつ》した。

「あの……お邪魔してます。ルークにお礼を言いたくて。フェイス・ジョーンズです」

すると彼は、む、とうめいて頷いたようだった。

「ヘンリー・シャーブルックだ。するときみがリトンの言っていた娘さんか」

「まあ。領地管理人のヘンリー様ですね」

こっそりルークにお礼を言うだけのつもりだったのに、まさか館の主人に会うなんて。

「あのう、リトンって誰のことですか？」

「ルシ……じゃなくて、ルークのことだよ」

ふうん。ルークの苗字《みようじ》ね、きっと。

「ええと。ルークはこちらで働いているんですか」

ヘンリーは一瞬なんとも言えない表情になったが、すぐに笑いをこらえているのだと気づいた。何か変なこと言ったかしら。

「いや。まあ、そうだな。今は隣で祖母に本を読む仕事をしているよ。祖母も老眼が進んで最近はなかなか本が読めないようだからね」

「お祖母《ばあ》様もこちらにお住まいなんですか」

　ヘンリーは肩をすくめた。

「そういうわけではないが、しばらくここにいるつもりらしい。息子夫妻とあまり仲がよくないのでね。私の家は避難所にちょうどいいらしい」

　隣からは変わらず本を読む声が聞こえてくる。

「難しいけどなんだかいいお話ですね。『パンチとジュディ』よりずっと面白い」

「『三番目の月影』か。子ども向けの人形劇よりは読み応《ごた》えがあるだろうな」

　いかつい見た目に反して、ヘンリーは気さくな人柄のようだ。

　ヘンリーはフェイスに紅茶を勧めると、ゆったりと椅子に腰掛けて朗読に耳を傾けた。

　しばらくして、朗読する声が途切れた。小さな話し声がしたあと、扉の開け閉めの音が聞こえた。そうして、少しの間を置いて部屋の扉が開いた。

「やあ、フェイス。来てくれたんだね、嬉しいよ」

　ルークはフェイスに笑いかけた。その笑みが思いのほか魅力的だったので、フェイスはどぎまぎした。今日のルークは、作業着とは違って仕立てのよさそうな服を着ていた。

「あのね、この間のお礼なの。料理人のバードさんにお菓子を作ってもらったから、よかったらどうぞ」

ルークはフェイスから渡されたバスケットをのぞきこんだ。

「これは美味しそうだね。ありがとう。せっかくだから食べていくかい」

「まあ。いいの？」

「いいよな、ヘンリー」

「構わないよ。私はお茶だけでいいが」

ルークはバスケットを手に、部屋を出て行く。

ルークは思ったよりも立派な格好をしていた。ヘンリーとは親戚だという。案外身分が高いのかもしれない。フェイスは慎重にヘンリーに尋ねた。

「ルークはヘンリー様の親戚なんですよね？　どうしてこちらにいるのかしら」

「堅苦しいのは性に合わないんだ。ヘンリーと気楽に呼んでもらえるかな。質問に答えよう。リトンとは親戚だ。リトンの父親はなかなか厳しい男でね。リトンは家業を継ぐのに必要なスキルを身につけられるよう、私のところに修行に来ているのさ」

「家業って？」

「羊飼いと羊毛の加工。それから土地の管理と帳簿付けだ」

ふうん。きっとちょっと大きな農家なのね。フェイスはそう判断した。

「ルークの家はなかなか面倒な事情を抱えていてね。父親はルークに跡取りとして期待をかけている。彼はまじめだから期待には応えているが、やはり息苦しいのかな。それに、父親の後妻ともあまりうまくいっていない。それで、今はここに避難してるのさ」

「……それで、避難所なわけ」

「そう。そもそも昔はリトンの母親が住んでいた場所でもある。私がそれなりに手を入れたから、今の居心地はなかなかのものだろう?」

扉が開いて、ルークと執事がお菓子が盛りつけられたトレイを持って部屋に入ってきた。ヘンリーが顔をしかめた。

「きみがそんなことしなくてもいいだろう」

「ヘンリーまでうるさいこと言うなよ。ここにいる時ぐらい好きにさせてくれ」

ルークはそう言ってお菓子をテーブルに載せた。

執事がお茶を淹《い》れてくれると、三人はフェイスが持ってきたお菓子を囲んだ。

なんだか贅沢《ぜいたく》をしているわ。人にお茶を淹れてもらって、こんなに素敵な部屋でお菓子を食べられるなんて。ああ、それにしてもバードさんの作るアップルクランブルはなんて美味しいのかしら。

お菓子を夢中でほおばっていると、視線を感じた。フェイスは顔を上げた。

「……なあに」

「いや、いい食べっぷりだな、と思って」

ヘンリーが面白そうに言う。ルークが手を伸ばしてきて、フェイスの口の端についたクランブルのかけらをつまんだ。フェイスは少しドキドキした。

「そんなに食べるのに、どうして小さくて痩《や》せてるのかな」

「まあ、失礼ね。これから背が伸びるかもしれないでしょう」

「これから、ね。きみはいくつなんだ」

「十七」

ルークは一瞬驚いたような顔をした。

「思ったより年上なんだな。でも十七でこれから背が伸びるかな……」

「とりあえず、夢は捨ててないの」

フェイスは肩をすくめた。

「ところで、靴は無事に直ったのかい」

フェイスは多少窮屈な靴をルークに見せた。

「さすがに直せなかったから、古い靴を出してきたの。こんどお給金をもらったらその時に買うつもり」

ルークは頷いた。

「ところで、新しい靴下は欲しくないか？」

「……それは、欲しいけど……」

フェイスはちょっと恥ずかしくなった。送ってもらった時に靴下を見られたんだわ。彼女の靴下は穴があいては繕ってはの繰り返しでみっともない有様だった。

「賭《か》けをしないか？」

「賭け？」

「そう。祖母が使わずにしまい込んでいた靴下があってね。もしきみが勝ったら靴下をあげるよ」

フェイスは用心深くルークを見た。もちろん靴下は欲しい。

「負けたらどうなるの？」

「そうだな。きみが負けたらぼくの仕事を手伝ってくれよ」

「私も仕事があるからお屋敷を空けていられないわ」

「休みの日だけでいいよ」

そう言われて、ようやく頷いた。まあ、悪い賭けではないだろう。

「わかった。どんな賭けなの？」

「きみは自分の名前は書けるかい」

「……書けないわ」

フェイスは渋々認めた。

「でも、これが私の名前なの」

フェイスは首からかけたペンダントを外した。古い銀のロケットで、母が食べるものに困っても決して手放さなかったものだった。表面に凝《こ》った意匠の細工が施されている。裏には三つの単語が刻まれていて、その一番上が自分の名前だと教えられていた。

ルークはそれを見ると、ヘンリーから紙を一枚もらってさらさらと何かを書き付けた。

「次に会う時までに名前を書けるようになったら、きみの勝ちだ」

フェイスは差し出された紙を見て眉根を寄せた。黒いインクで太々と書かれた直線と曲線のかたまり。

「これが私の名前？」

「そう、Faith Jones」

「こっちは？」

「ぼくの名前だ」

フェイスはもう一度紙を見た。『Lucian』というのがルークの名前の綴《つづ》りらしい。複雑な、迷路のような文字の書き付け。字が読めたらいいな、と思ったことは何度もあった。残念ながら、学ぶ機会も時間もなかったけれど。このあたりで自分の名前くらい書けるようになるのは悪くないかもしれない。

「わかった。今度までにこれを書けるようになったら、靴下をくれるのね？」

「約束するよ」

そばにいるヘンリーが、面白そうにこちらのやりとりを眺めているのを感じた。

お菓子を食べたあとは、ルークがモアランドパークの近くまで送ってくれた。行きとは違って帰りの一マイル半の道のりはあっという間だった。森のブルーベルは今が盛り、クロウタドリが美しい歌声を聞かせていた。ルークはフェイスの話をよく聞いてくれた。

「……なるほど。家主がロンドンに行っている間は、モアランドパークはきみたち使用人の天国なのか」

どういうわけか、少し複雑そうな表情で言う。

「それだけじゃないの。まかないつきなのよ。お金は落としちゃったけど、屋根のあるところで寝られるし。それにエドワード様は一緒にいて楽しいの」

「家庭教師は何をやってるんだ。職務怠慢《たいまん》じゃないか」

ルークはむっとしたように言う。フェイスはくすくす笑った。そんなことを話している間にモアランドパークの入り口にたどり着いた。

「今度はいつホワイトベルハウスに来る？」

ルークは当たり前のように聞いてきた。

次の約束？　そうよね、靴下の件もあるし。

「……えっと。次のお休みなら、行けると思うけど」

「教会に行ったあと？」

「うん、たぶん」

「じゃあ、待ってるよ」

ルークはそう言って帰っていった。

その夜、フェイスは部屋に戻ってから字を書く練習をした。フェイスは筆記用具を持っていなかったので、石板とチョークを借りていた。読むことはできなかったが、白い紙に書き付けられたルークの字は、とてもバランスがとれていて、それだけで美しい絵画のように見えた。

ルークの名前は、『Lucian』って書くのね。これでルークって読むのかしら。

フェイスはその字を石板に書いてみた。一度目はバランスが悪いような気がした。もう一度真似して書いてみると、先ほどよりも上手に書けたような気がした。フェイスは何度も繰り返して書き、書いては消した。学校でも、こんな風に練習するのかしら。

母親は、結婚をせずに村の外れで隠れるように暮らしていた。結婚せずに生まれた子どもは庶子《しょし》として扱われ、相続権も何もない。無責任な父親や、ふしだらな母親と同じで、不徳の血が流れていると見なされるのだと知ったのは、ずっとあとのことだ。母親が体調を崩してからは、フェイスが身の回りの世話をしていた。その後引き取られた伯母の家は、すでに三人も子どもがいて、決して裕福ではなかった。残念ながら学校に行く余裕はなかったのだ。そうして、フェイスは文字を学ぶ機会を失った。

今日、隣の部屋から聞こえてきた朗読は素晴らしかった。難しいけれど美しい物語があるのを初めて知った。文字が読めたらいろんな本が読めるのだろうか。文字が読めたら……。

フェイスは目の前がじんわり潤んできた気がしたので、慌てて目元をこすった。

フェイスは自分の書いた字と、ルークの書いた字を見比べた。

あら、ルークの名前にも、私と同じ「a」と「i」の字がある。

共通点があるのがなぜか嬉しくて、フェイスはその文字を指でなぞった。

結局、自分の名前よりも、ルークの名前のほうが先に書けるようになってしまった。

☆　☆　☆

一八九六年五月四日

羊の毛刈りもおおむね終わり、今日は大いに満ち足りた一日となった。

彼女、フェイス・ジョーンズがやってきたのだ。めっきり目の悪くなった祖母に本の朗読をしている時に、隣室に人がやってきた気配がした。祖母には、ぼくがいつもと調子が違うのがわかったらしい。

「お客さんかしら？　今日はこれで切り上げて、お行きになって結構よ」

ぼくが青の間に向かうと、ヘンリーと彼女が並んで座って待っていた。ぼくが部屋に入ると、彼女は、嬉しそうに笑顔を浮かべた。青い目がきらめいていた。その笑顔にはかけらも嘘がなかった。誰かから、こんなに素直な笑顔を向けられたのはいつ以来だろうか。ぼくはふいに胸が温かくなるのを感じた。

一方の彼女は自分自身の価値には全く気づいていないのか、子どものように屈託のない態度だ。紅茶とお菓子を口いっぱいにほおばっている姿も絵になってしまうのはどういうことだろう。

彼女に肩書きを告げなかったのはよかったのかもしれない。彼女は実に自然な態度だったし、こんな風に素朴《そぼく》でありながらも充実した日を過ごせるとは思わなかった。いい一日だったので、次も会う約束を取りつけてしまった。

☆　☆　☆

翌日からは、また普段通り、モアランドパークでの仕事だった。午前中に館の手入れをして、午後はミセス・ナッシュに頼まれてエドワードの相手をするという日が続いた。ある時、エドワードが言った。

「フェイス、明日、エヴァと街に買い物に行くんだ。一緒に行こうよ」

エヴァというのはエドワードの家庭教師のミス・マナリングのことだ。育ち盛りのエドワードは洋服がどんどん小さくなっていくので、定期的に街に買い出しに行くのだった。

翌日、馬車に乗って、エドワードやミス・マナリングと一緒にウィンフィールドに向かった。ミス・エヴァンジェリン・マナリングは、エドワードの父母がいない今、彼の面倒をみる責任者といえた。零落《れいらく》した貴族の娘で、もうすぐ三十になるというミス・マナリングが、エドワードの世話をするようになって四年経《た》つという。彼女とエドワードの関係は良好だったが、育ち盛りの彼を相手にするには少々エネルギーが不足していた。フェイスが一緒に行くと言うとあからさまにほっとしたようだった。

フェイスはかつてウィンフィールドの近くに住んではいたが、街に来るのは初めてだった。うきうきして、エドワードと一緒に馬車の窓から街をのぞいた。蜂蜜《はちみつ》色の石でできた建物の続く小さくてきれいな街だった。

一行は街の仕立屋に入った。エドワードは採寸を始め、店員とミス・マナリングは生地の並んだ棚を眺めて、どれがいいかを話し合った。フェイスも、見事な生地やきれいなボタンを眺めた。やはりお金持ちは違う。伯母の家にいた時は、子ども服はすぐに小さくなってしまうから、たいていぶかぶかのを着せられていたし、お古が主だった。しかし、エドワードは自分のサイズに合わせて次々と服を作る。

「立派な生地でしょう。これはすべてファーナム侯爵領の羊毛から作られているのよ」

ミス・マナリングが説明してくれた。

「侯爵様は立派な方なんですね」

「あら、フェイスはまだお会いしたことがないのね。厳しいけど、公正な方よ」

ロンドンから侯爵一家が帰ってくるのが怖いような気がした。

「それにしても立派な服。一体いくらするんですか」

「ツケなのよ。あとから請求書がくるの。私も昔はこうやって買い物したものよ……」

エドワードの採寸はまだ続きそうなので、ミス・マナリングはフェイスに街の中を散歩してきたら、と提案してくれた。

街の中にはパン屋やお菓子屋、帽子屋といった店が並んでいる。靴屋もあった。フェイスはつま先の痛い自分の靴を見てから、靴屋の中をのぞき込んだ。お金を落とさなければ今頃新しい靴を買えていたのかもしれないのに。そうだ。ツケで買えるか聞いてみよう。フェイスは思いきって靴屋の扉を開けた。

店員はフェイスの足を見て、出来合いの靴なら十シリングで買えると教えてくれた。

「ツケでは買えないわよね？」

「うちもそれほど余裕があるわけじゃないからな……。貴族様や地主がツケで買うならまだしも。もしお金がないなら、金貸しで借りてから来てくれよ」

「まあ。お金を貸してくれるお店なんてあるの？」

「大きな声では言えないがね。街の隅でゴールドマンさんがやってるよ」

フェイスは靴屋のおじさんの教えてくれた町外れの小さな店に向かった。

見た目はただの家のようだったが、金色の珠が三つぶら下がった看板があったので扉をくぐった。中にはカウンターがあって、品のよさそうなおじさんが帳簿をつけている。

「あのう、お金を貸してくれると聞いたんだけど」

「これは可愛《かわい》いお嬢さんだね。お金を借りたいっていうと」

彼はメガネを持ち上げながらフェイスを眺めた。

「あのね、靴を買いたいの。十シリング欲しいけど、借りることはできるかしら」

「ふむ。お金を貸すことはできるが、返すことはできるかね」

「大丈夫。私、モアランドパークで働いてるの。来月のお給金が出たらすぐ返せるわ」

「ほほう。モアランドパークか。立派なところに勤めているね。それなら大丈夫だろう。それから、お金を借りると利子がかかるが、それはわかっているかい」

「利子？」

「お金を貸す手数料だよ。たとえば今月十シリング借りたら、来月十一シリング返してもらえばいい」

手数料に一シリング。安くはないが、靴はできるだけすぐに欲しかった。

「うん。大丈夫よ」

おじさんのメガネの縁がきらりと光った。

「ところで十シリングだけで大丈夫かね？　いろいろ欲しいものがあるんじゃないかい」

見てわかってしまうのだろうか。確かに、新しい帽子や、エプロンや、欲しいものはたくさんあった。お給金をもらいながら少しずつ買っていくつもりだった。

「五ポンドまでなら貸せるよ。モアランドパークに勤めているんだからね」

「五ポンドも!?」

思いもかけない大金を提示されて、フェイスは驚いた。

「でも、五ポンドも返せないわ。私のお給金、まだ月に一ポンドちょっとだもの」

「一気に返さなくてもいいんだよ。毎月分けて少しずつ払ってもらえばいい。複利だけど、月利十％でどうだい」

「月利十％ってどれくらいなの」

「十シリング借りたら次の月に十一シリングってことだ」

五ポンドは一〇〇シリングだから、一一〇シリング返せばいいってことかしら。それなら一年ぐらいかけて返せば大丈夫そうだわ。

「では、契約書を交わそうか？　サインをしてほしいんだが、お嬢さんは自分の名前は書けるかい？」

フェイスはにっこりした。契約書の内容は読めなかったが、このところずっと名前を書く練習をしていたのだ。全く問題はなかった。

☆　☆　☆

次の日曜礼拝は、ぴかぴかの靴でのお出かけとなった。

エドワードとウィンフィールドに出かけた日、クラウン銀貨を二十枚、つまり五ポンドもの大金を手に入れたフェイスは、そのまま買い物に直行した。新しい靴、新しい下着、素敵な生地も買って、大満足だった。帽子やエプロンは、買った生地で作っていくつもりだ。フェイスが手に入れた商品を見て、ミス・マナリングは少し首をかしげたが、何も言わなかった。

礼拝の帰りに他のメイドたちと別れて、フェイスはホワイトベルハウスに向かった。裏口から声をかけると、執事のシーモアがまた顔を出してくれて、フェイスを前回の青い部屋に通してくれた。隣の部屋からはルークの朗読の声が聞こえてくる。前回の続きのようだった。フェイスが三人掛けのソファに座っていると、シーモアが入ってきて、紙を差し出してきた。

「何か？」

「ルークがこの間の賭けの結果をこちらに……、と」

フェイスはにんまりした。もう自分の名前はきちんと書けるようになっている。鉛筆を借りて名前を書くと、シーモアはそれを見てにっこりした。

「合格ですね。こちらをルークから預かっていますよ」

差し出された包みの中は靴下だった。フェイスは嬉しくて思わず声を上げた。

「すごい、新品の靴下だわ」

シーモアが部屋を出て行くと、フェイスはさっそく靴下を履き替えた。新しい靴下は柔らかなウールのもので、履き心地も抜群だった。今までの靴下は、繕ったあとの縫《ぬ》い目が靴の中でごろごろして痛かったが、新しいものはどこもなめらかなさわり心地だった。嬉しくて、ついつい靴を脱いで靴下を眺めてしまう。

新品づくしのフェイスはご機嫌で隣の部屋から漏《も》れてくる朗読に聞き入った。一段落してから、ルークが部屋に入ってきた。

「やあフェイス、おめでとう、ちゃんと名前を書けるようになったみたいだね」

フェイスは慌てて靴を履いた。

「靴下ありがとう。すごく履き心地がいいわ」

「それはよかった」

ルークはそう言ってフェイスの隣に腰掛けてきた。あら。ちょっと近すぎないかしら。でも、なんだかいい感じだったので、気づかないふりをした。

「本が読めるって素敵ね。あの本、とても面白いわ。続きどうなるの？」

「きみも読めばいいいんだよ」

「意地悪ね。字が読めないの知ってるくせに」

「練習すればいい。名前だってすぐ書けるようになっただろう？」

「でも……」

フェイスはため息をついた。名前の文字を真似するぐらいはすぐできたけれど、たくさんの文字と声に出す音を結びつけるのは難しそうに思えた。

ルークは灰色の目をじっとフェイスに向けていたが、やがて言った。

「教えてあげるよ」

「えっ」

「字。少し頑張れば読めるようになるよ。大丈夫」

彼が言うと、それほど難しくなさそうに思えた。

と、ふとルークはフェイスの足元に目をとめた。

「……新しい靴？」

フェイスはにっこりした。

「そうなの。素敵でしょう。やっと買えたの。足にぴったりなのよ」

「けど、まだ給料をもらう前だろう」

「ウィンフィールドでお金を借りたの。そうしたら、五ポンドも貸してくれたの」

ルークの顔色がさっと変わった。

「金貸しで金を借りたのか？　利率は？」

「利率？」

フェイスはわけがわからなくて聞き返した。

「利子がかかるはずだ。聞いただろう？」

「ああ、手数料がかかるっていうやつね。たしかフクリとか、月利十%とか……」

「ちょっと待て。年利じゃなくて、月利？　月利で十%だと？　月いくら返すんだ？」

「ええと、毎月十一シリング払えばいいんですって。ちゃんと契約書にサインもできたの。名前が書けたから」

フェイスは誇らしく告げたが、ルークは真っ青になって紙に鉛筆で計算し始めた。

「どうしたの、ルーク。顔色が悪いわよ」

ルークは計算を終えると、大きくため息をついて天を仰いだ。

「……なんてことだ……」

フェイスは突然のルークの態度の変化の理由がわからなくて、ただ見返すしかない。と、ルークは立ち上がった。

「その金貸しのところに行こう」

「あの、でも」

ルークは有無をいわさずフェイスの腕を引っ張って部屋を出た。


ルークはヘンリーに馬車を借りると、フェイスを乗せてウィンフィールドに向かった。一頭立て二輪馬車を操りながら、ルークはフェイスに利子について教えてくれた。お金を借りると利子がかかるが、利率によっては、元借りたお金よりもずっと高いお金を返さなければいけないこと、今回の利率はとても高いので、このケースに当たることを告げた。

「計算によると、今のままだと十一シリングをだいたい二十六カ月、総額十四ポンド近く払うことになる」

フェイスはぞっとした。

「……なんで？　五ポンド借りたのにどうして十四ポンドも返さないといけないの？」

「お金を借りて利息を払うっていうことはそういうことなんだ。よくわからないなら、二度とお金を借りてはいけないよ」

ルークはそう言うと口を閉じた。フェイスはお金を借りたことが急に恐ろしくなった。嬉しかった新しい靴も、新しいペチコートも、脱いでしまいたい気分になった。

ウィンフィールドの外れのゴールドマンの店にたどり着くと、ルークはフェイスを引っ張って中に入った。ゴールドマンは、以前と同じようにカウンターの奥に座っていた。フェイスとルークを見ると驚いたように顔を上げた。

「おや、これは……。リトン様ともあろう方が」

「そんなことはどうでもいい。フェイスの契約書を返してくれ。あの利率は高すぎる」

「ははあ。とはいいましても、契約は成立しておりますから」

「きちんと説明していないだろう」

「説明はしましたとも。五ポンドを貸して、年利一二〇％、毎月十一シリングを、返済が終わるまで返し続けると、ほら、こちらに書いてあります」

「フェイスは字が読めないんだ」

「それはそちらさまの都合でしょう。私は私の仕事をするまでです」

二人は侃々諤々《かんかんがくがく》の言い争いを始めた。フェイスは自分のせいで言い争いが始まってしまったのに、どうしていいかわからずにおろおろと立ちつくすしかなかった。

言い合いの果てに、ルークが怒鳴った。

「ぼくが払う。一カ月分の利子十％込みだ。受け取ればいい！」

ルークはポケットから取り出した金貨を六枚カウンターに投げつけると、ゴールドマンが持つフェイスの契約書をもぎ取った。コインがカウンターで跳ねて、床に落ちる音が響いた。

金貨が投げつけられた光景は、ひどくショックなものだった。金属が石床で跳ねる澄んだ音が、フェイスの耳に残る。ゴールドマンが金貨を拾おうと床に這《は》いつくばるのが見えたが、ルークは構わずにフェイスの腕をつかんで店を出た。

店を出ると、フェイスはこらえきれずにわっと泣きだした。フェイスにとって金貨は見たこともないような代物だった。それがたった一枚の紙と引き替えに投げつけられたのだ。よくわからずに名前を書いたせいで、とてつもないことが起きてしまったのだ。

「ルーク、ごめんなさい。私、知らなくて。お金、返すわ。必ず返すから」

フェイスは涙を洋服の袖《そで》で拭こうとしたが、次から次へと涙があふれてきて、止まらなかった。しゃくり上げて、洟《はな》をすすりながら謝るフェイスを、ルークは見下ろしている。

「フェイス、字が読めない、計算ができないというのは、本当に危《あや》ういことなんだ。また騙《だま》されてしまうかもしれないよ。気をつけないと」

「……村の、他の人だって、伯母さんだって、私と同じような人はたくさんいるわ」

「他の人がそうだからって、きみもそのままでいいわけじゃないだろう」

ふいに、フェイスの中に得体のしれない感情がふくれあがった。激しい嵐のように、身体の中に巻き起こる思い、それは怒りだった。

「どこで」

フェイスは唸《うな》った。

「いつ、どこで知ればよかったの。ねえ、私が学校に行きたくなかったって、勉強したくなかったって、そう思ってるの」

目の前が涙でかすんだ。ルークが近寄ってくる気配がした。

「行かなかったんじゃない。行けなかったのよ。お母さんは病気だったし、伯母さんだって私を引き取ってかつかつだったわ。学校に行く余裕なんてどこにもないのよ。一日中働いて、いつ、どこで私は文字を学べばよかったの。教えてよ！」

「フェイス」

ルークがフェイスの腕に触れてきた。フェイスは怒りに任せてルークをめちゃくちゃにたたいた。それでもルークは手を離さなかった。

「穴の空いた靴下なんて履きたくないに決まってるじゃない。破れた靴だっていやよ。新しい靴や、お洋服や、いろいろ欲しいに決まってる。でも全部後回しなのよ。文字だって、計算だって、食べてからじゃないとできないわ。生きるのが先なのよ。お母さんは、最後は何も食べられなくなって死んでしまったわ。それでどうして文字や計算ができるようになるの。私はどうすればよかったの！」

声を上げるフェイスを、ルークはしっかりと抱き寄せてきた。フェイスはルークの腕の中で暴れた。それでもルークの腕はゆるむことはなかった。最後にフェイスは力尽きて、ルークの胸に顔をうずめてすすり泣いた。

「フェイス。これから覚えればいい。名前が書けたなら、字だってすぐ覚える。少し字が読めるようになるだけで世界がぐっと広がるんだ」

「私……」

フェイスは嗚咽《おえつ》をこらえながらささやいた。

「そうできたらいいわ。本が読めたら素敵だもの……」

「ぼくが教えるよ。できるようになる。きみはたくさんのものを手に入れていいんだ」

たくさんのもの……。彼女が持っているものはほんの少しだった。しかも、それを手に入れるためにたくさんのものが彼女の時の中からこぼれていった。

ルークの腕の中は温かくて、完全に安心だった。これほどの安心感を感じたのはいつぶりだろう。

自分を憐れんでも仕方がない。それが生きるために彼女が決めたルールだった。それでも、完全に安心だと感じられる今だけ、ほんの一時だけ……自分が失ったものを惜しんで、フェイスはルークの腕の中で泣いた。

第2章

一八九六年五月十二日

今日はヘンリーとストークの領地を見に行った。ストークは侯爵領に隣接する地所だ。小さな街もあり、大きな規模ではないが窯業《ようぎょう》も手がけているので、現金収入にも寄与《きよ》している。ストークで窯業に舵《かじ》を切ったのは、スウェイル水系を利用した水運で石炭を容易に手に入れられること、地産の良質のカオリンを手に入れられることからだ。これはすべてぼくの母方の祖父の手腕だ。祖父の商才は天才的で、父がファーナム侯爵領を立て直す際にもかなりの力を発揮した。祖父と父の関係は、互いに利のあるものだった。その代償が、父と母との愛のない結婚生活だったとしても。

　このストークは母から受け継いだ地所で、侯爵領とは別のぼく個人の所有地だ。この豊かな地所に来るたびに、ぼくは複雑な気持ちになる。母は、自分が所有していたはずのこの土地に足を運ぶことがあったのだろうか。この国では、女性の権利は、庇護《ひご》される男性に付随（ふずい）するものでしかない。娘であれば父の意向に反したことはできないし、結婚したあとは、夫に従わなければならない。結婚をした女性は自分の財産を持つ権利がなく、事実上それは夫のものだとされるわけだ。また、結婚したあとに、妻に何をしても、法的に夫が罰せられることはない。妻のふるまいはみな、夫の羽根で覆《おお》われ、保護されている、ということなのだ。

ぼくとヘンリーはいくつかある窯元も回った。そこには、年若い女性や子どもたちも働いていた。彼らもフェイスのように苦しい状況にあるのだろうか。

夜にヘンリーにそのことを問いかけてみた。その可能性は大いにある、と彼は答えた。

ぼくには、先日のフェイスの言葉が耳に残っていた。学校にも行けないほどの貧しさ。そのようなことを考えたこともなかったので、ふいを衝《つ》かれたような気がした。やる気がないわけでも、能力がないわけでもない。学ぶ機会を奪われたのだ。わずかな手ほどきで、彼女は自分の名前を書けるようになったのだから。

ぼくが彼女になにかできることはないだろうか。せめて簡単な計算と、字だけでも読めるようになれば……。

ぼくはヘンリーに相談を持ちかけた。

☆　☆　☆

「明日から、ホワイトベルハウスのお手伝いに行ってくれる？」

モアランドパークの家政婦長で、現在のところ実質責任者でもあるミセス・ナッシュからそう言われたのは五月も末のことだった。

「あちらの侍女の手が足りないんですって。フェイスは、お裁縫上手でしょう。昼間に行って手伝ってあげて」

「こっちのお仕事はいいんですか？　エドワード様も嫌がりませんか」

「侯爵様たちが戻ってくるまではこちらも手が足りてるから大丈夫よ。エドワード様については……ミス・マナリングがあなたに頼りすぎなのよ。なんとでもしてもらうわ」

そういうわけで、フェイスは週に何日かホワイトベルハウスに通うことになった。予想通りエドワードは不機嫌になった。しかし、フェイスはただのメイドであって、家庭教師でもなければ乳母でもなく、直接の上司はミセス・ナッシュなのであり、フェイスにはどうにもできないのだった。

ホワイトベルハウスにはルークがいるはずなので、フェイスはちょっと決まり悪いような、恥ずかしいような、なんとも言えない気持ちになった。

あの日に借金の返済をしてしまったルークに、フェイスは少しずつお金を返すと約束した。ルークは、利子はつけないから、返し終わるまでに読み書きできるようになろう、と言った。彼はアルファベットの大文字と小文字を紙に書き、それを練習するよう告げた。

それからルークには会っていない。アルファベットはもう書けるようになった。毎晩石板に書いて練習したから。書けるようになると不思議なもので、今まで模様のようにしか見えなかった文字がそこここで目にとまるようになった。問題は、それをどう読むのかさっぱりわからないことだった。

それにしても、どうしてルークはフェイスによくしてくれるのだろう？　フェイスにとってルークは大いなるナゾだった。ヘンリーの親戚ならば、侯爵家とも親戚か遠縁ということになるのだろう。金貨が六枚もポケットから出てくるぐらいだから、きっと裕福なのに違いない。いろいろと総合すると、導きだされる彼の立場は、裕福な自営農の跡取りであろう、ということだった。そうであったとしても、靴下をくれたり、借金を立て替えてくれたりというのは、親切すぎのような気がする。そこまで考えたところで、彼に抱きしめられた時の感触がよみがえってきた。フェイスは身体《からだ》中がかっかと熱くなるような気がして落ち着かなかった。

ホワイトベルハウスに着くと、執事のシーモアがフェイスを迎え入れてくれた。

「おや、今日は助《すけ》っ人《と》に来てくれたはずですな」

シーモアは、フェイスを改めてホワイトベルハウスの使用人たちに紹介してくれた。今日はルークはいないようだった。

それから通されたのは二階の支度部屋だった。ヘンリーの祖母に仕える小太りな中年の侍女、ミセス・メイヒューが、大喜びで迎えてくれた。彼女に山ほどのドレスや小物の繕《つくろ》いを頼まれた。とはいえ、美しいドレスや生地に囲まれて仕事をするのは案外悪くないものだった。しばらくすると、隣の部屋に人のやってくる気配がした。

「まあ、奥様がお帰りだわ」

「奥様って？」

「ヘンリー様のおばあさま。マチルダ様よ」

それじゃあルークが毎回本を読んでいた方なのね。

「ほら、フェイス、手伝って」

「えっ、私もですか」

「お帰りになったんですから、着替えを手伝って差し上げなくちゃいけないでしょう」

モアランドパークの助っ人のメイドが、お手伝いなんてしていいのかしら。

おたおたしている間に、ミセス・メイヒューはフェイスを隣の部屋へと連れ込んだ。

隣の部屋は、高貴な人の寝室といった雰囲気だった。鏡台の前の椅子《いす》に、紫色のドレスを着た老婦人が座っている。きっとこの女性がマチルダなのだろう。

「あなた、見かけない顔ね」

きびきびとした口調でその老婦人は言った。ぴんと伸びた背筋と、居住まいの美しさが、彼女の育ちのよさをうかがわせた。青白い顔に厳しい表情を浮かべて、フェイスを眺めている。

「フェイス・ジョーンズといいます。モアランドパークからお手伝いに上がりました」

フェイスが膝《ひざ》を折ってお辞儀をすると、マチルダはふいと視線をそらした。

まあ、こんなものよね。

フェイスはミセス・メイヒューに従って黙々と仕事をこなした。

☆　☆　☆

一八九六年五月二十五日

ヘンリーがぼくの頼みを聞き入れて、今日からフェイスがホワイトベルハウスに働きに来ている。早く戻ればフェイスに会えると思ったが、彼女は帰ったあとだった。がっかりだ。

「あの小さいメイドは、あなたが呼んだの」

祖母がぼくに声をかけてきたのは、晩餐《ばんさん》のあとにコーヒーを飲んでいた時だった。

「モアランドパークから来てもらってるんです。ミセス・メイヒューの手が……」

「あなたの相手をするにしては、いろいろ物足りないわね」

祖母の言葉に、ぼくは目を丸くした。

「何も言わなくて結構よ。私は、息子の嫁選びに二回も失敗したのだから。人のことに口出ししてもうまくいかないということは苦い経験から学んだのよ。だから孫がどこの誰を選ぼうと、もうあれこれ言う気はないわ」

「マチルダ様。妙なことをおっしゃらないでください」

ぼくは祖母に言った。ぼくの父は二度結婚しているが、祖母はそのどちらの嫁ともうまくいかなかった。一人目の嫁であるぼくの母との結婚を、祖母は反対した。母は裕福な平民の出であるため、祖母は格を気にしたのだ。金銭的な理由でそれは押しきられたが。結婚後も、祖母と母の仲が良好だったとは聞かない。いろいろあり、母がここホワイトベルハウスに幽閉《ゆうへい》されたあとは、祖母がぼくを育てたようなものだった。二人目の嫁は祖母の希望通りの条件の、大人しく可愛《かわい》らしい女性だった。しかし、これも祖母と気が合わなかった。どちらが悪いというわけではない。彼女は逆らうわけでもなく、言い争うわけでもない。ただ会話が全くかみ合わない。同じ空間にいるだけで、何を話したらいいか気詰まりになるような、そんな間柄なのだ。以来、祖母は身分がどうのと一切言わなくなったのだ。しかし、それとこれは話が全然別だ。

「彼女は……機会が必要なんです」

「どんな機会が必要だというの」

「学ぶ機会です」

「それをあなたが与える必要があるの」

「他に彼女に手を差し伸べる人がいますか？」

祖母はぼくを見つめていたが、最後に呆《あき》れたように言った。

「まあ……好きにすることね」

☆　☆　☆

翌日はいつも通りモアランドパークでの仕事だった。午前中に館の掃除と手入れを終えて昼食を食べたあと、ミセス・ナッシュに命じられてエドワードのところへと行った。ミス・マナリングによると、フェイスがいない間は、最近手に入れた自転車に乗って遊んだりしているという。

使用人ホールの裏手にレンガ敷きの中庭があり、エドワードはそこで自転車にまたがっていた。フェイスはエドワードに手を振った。いつもだったらこちらに気がつけばすぐにやってくるのに、今日は違った。フェイスはエドワードのところに駆けていった。

「エドワード様、今日は自転車で遊ぶんですか？」

エドワードは自転車に乗ったままフェイスの周りを一周すると笑顔も見せずに言った。

「今日はホワイトベルハウスに行かなくていいのかよ」

「今日はこっちなんです。だって私を雇ってくれてるのはモアランドパークですから」

フェイスがそう言うと、エドワードはハンドルを切って自転車を漕《こ》ぎだした。

自転車は速かった。エドワードは中庭を抜けて砂利《じゃり》道を進み、敷地にある野草の花畑へと自転車を走らせた。フェイスはそれを必死で追いかけた。

息を切らしながら野草の花畑にたどり着くと、丈の高い野草に囲まれて、エドワードがにやにやして立っているのが見えた。

「エドワード様、待ってください」

エドワードの前まで歩こうとした時に、ふいに足元の地面が崩れて、身体が宙にふわりと浮く感覚がした。気がつくと地面に掘られた穴の中に落ちて、尻餅《しりもち》をついていた。

痛みにうめいていると、エドワードが頭上からのぞき込んできた。相変わらずにやにやしている。それでわかった。

「落とし穴を作ったんですか!?　ひどい！」

「フェイスがいない間に作ったんだ」

フェイスは痛いやら腹が立つやらで頭がくらくらする思いだった。どうにか身体を起こし、穴から這《は》い出る。身体中土まみれだ。せっかくの新しい靴も。メイドの制服だって洗濯するのは大変だし、お風呂だって……一週間に一回なのに。そんなことすら、毎日人に世話されて、ぴかぴかの格好をしているエドワードにはわからないのだ。

「フェイス？」

フェイスは土を払うときびすを返して館にむかって歩きだした。

「フェイス、待ってよ。怒ったのか」

エドワードの声が追いかけてきたが、フェイスは振り返らずにずんずん歩いた。

そうよ、怒ったわよ。こんな意地悪する人と一緒になんかいたくないわ。

フェイスは心の中で叫んだ。

「フェイス。待ってよ！　言うことを聞けよ。ぼくは侯爵の息子だぞ！」

エドワードの言葉に、フェイスはむかむかするのを感じた。相手の身分が高かろうが、知ったことか。

「その通りです。そして私はただのメイドです。確かにあなたの相手をするようにミセス・ナッシュは言うけど、本来の仕事じゃありません。それどころか、本当だったら私なんかがあなたの相手をすること自体、出すぎたことなんです。あなたが好きだし楽しいからお相手させていただいていたけど、意地悪するなら、これからはお断りすることにします」

「フェイス！」

　エドワードはフェイスの腕をつかんできた。フェイスは振り返った。エドワードの顔は間近にあった。顔を真っ赤にして怒っていて……それでいて今にも泣きそうだ。

「行くなよ。昨日もぼくを放っていっちゃったじゃないか」

「……あなたを放っていったわけじゃありません。ホワイトベルハウスに行くのはお仕事ですから」

「でもいやなんだ。みんなぼくを置いていくんだ。フェイスはぼくを一人にするなよ」

　フェイスはエドワードをじっと見返した。

「……エドワード様。思い通りにならないからって、そうやって毎回だだをこねるんですか？　あなたは侯爵の息子だからこれまでは思い通りになることばかりだったかもしれないけど、生きていればそうじゃないことも山ほど出てくるでしょう？」

「思い通りになることばかりだって？　そんなわけないだろう。ぼくはいつだって二番目の予備なんだ。兄さんの次。おまけみたいなもんだよ。置いていかれてばかりだ」

　フェイスは土のついた手でエドワードの手を握った。

「エドワード様。あなたはおまけなんかじゃありません。私があなたを好きなのは、侯爵の息子だからじゃないもの。仕事だからじゃないんです。あなたはそのままで、十分素晴らしい価値のある人ですから。もちろん、意地悪するあなたは嫌だけど」

「……フェイス」

「ね。一緒にいられないけど、それが仕方がないこともあるんです。わかってもらえませんか？」

エドワードはフェイスの手をぎゅっと握り返してきた。

それで、二人の仲直りはすんだ。その日は二人で凧《たこ》をあげて、日が暮れるまで遊んだ。

翌日はホワイトベルハウスに向かった。マチルダの世話はおっかなびっくりだったが、その日の残りの仕事は順調だった。結局、その日もヘンリーやルークを見かけることはなかった。ホワイトベルハウスはモアランドパークよりも規模が小さいので使用人も少なく、フェイスもすぐに馴染《なじ》むことができた。午後のお茶の時間にはモアランドパークに帰ることになり、ミセス・メイヒューとシーモアに別れを告げてホワイトベルハウスをあとにした。そうして、厩《うまや》の前を通りかかったところで、ふいに声をかけられた。

「やあ、フェイス、久しぶり」

フェイスは驚いてあたりを見回した。

「ルーク」

ルークは厩の中から姿を現した。今日は汚れた作業着を着ていて、疲れた様子だった。

「昨日の夜は馬の出産があったんだ。なかなか大変だな……」

「馬の赤ちゃんは元気？」

「見るかい？」

厩舎の奥の一角に、立派な母馬と、小さな馬が寄り添っているのが見えた。子馬はまだおぼつかない足取りで、よたよたと母馬の周りを歩いている。とても可愛らしかった。

「こんなことまでやることになるとは思わなかったよ。ロンドンにいるよりはマシだが」

ルークはぶつぶつと独りごちている。

「ロンドン？　ロンドンに行ったことがあるの？」

フェイスが聞き返すと、ルークは肩をすくめた。

「それほどいいところでもないよ。ごちゃごちゃしているし、空気も悪い」

「そうなの？　一回行ってみたいわ。私、モアランドの周りから出たことないもの」

ルークは、厩の柵にもたれながら、フェイスを見返してきた。灰色の目がこちらをとらえてくる。彼に見られると、自分が小さくなったような気がする。背が高くて、年上の、大人の男の人。実際のところの年齢はよく知らないけど。彼は汚れた作業着を着ていても、とても魅力的だった。馬を見に来たはずなのに、どうして私たち、お互いを見つめ合ってるのかしら。でも、こうやって黙っていても、ちっとも嫌じゃない。

「字は書けるようになった？」

「……うん。大文字と小文字。全部書けるわ。読めないけど」

「じゃあ、今日は読みの練習をしようか。時間はある？」

「帰るだけだから……大丈夫だと思うけど」

「おいで」

ルークはフェイスの手を取って歩きだした。厩を出て、少し歩くと、細長い温室があった。温室の真ん中には大きなテーブルと椅子が置いてあり、ちょっとした作業ができるようになっていた。

ルークに導かれて椅子に座る。テーブルの隅《すみ》にはバスケットが置いてあり、そこから彼は青い色の砂糖菓子を取り出して、フェイスに差し出した。

「きれいなお菓子ね。お花の香りがして甘くてすごく美味《おい》しいわ」

「すみれの砂糖漬けだよ」

「こんなに美味しいお菓子食べたの初めて！」

フェイスが興奮気味に言うと、ルークは満足げな表情になった。フェイスはこの素晴らしいお菓子を食べた記念に、包みの赤いリボンをもらうことにした。

食べ終わってしまうと、今度は読み書きの練習になった。フェイスは見事にアルファベットを綴《つづ》った。これにはルークも喜んでくれた。そのあとに、ルークは一つ一つの文字を指さしながら、声に出して読み、それをフェイスに繰り返させた。ルークを失望させたくなくて、フェイスは集中して二十六文字すべてを言えるように頑張った。

時間はあっという間に過ぎていった。初夏の長い日差しが傾きだして、フェイスはルークに暇《いとま》を告げた。

「明日も帰りにまたここに寄りなよ。続きをやろう」

フェイスはルークを見た。ちょっとためらってから、フェイスは尋《たず》ねた。

「ねえ、ルーク。どうして私によくしてくれるの？　私、あなたに迷惑をかけてばかりだわ。お金も、少しずつしか返せないし……」

ルークは苦笑した。

「……きみが危なっかしくて、目が離せないんだ」

「……危なっかしいかしら」

「きみは、ぼくと一緒にいる時、どんな気分？」

「それは……すごく楽しいわ。あなたは、とても親切だし……」

「ぼくもきみといると楽しいんだ。だから、見かけたら声をかけるし、一緒にいられる時間があるなら、誘う。そういうことだよ」

「まあ」

フェイスは目をぱちくりさせた。

「じゃあ、お友達ってことね？」

フェイスの言葉に、ルークは一瞬何ともいえない表情になったが、すぐに気を取り直したように言った。

「うん、まあ、そういうことでいいよ」

「嬉《うれ》しい。友達ができるのは素敵だわ」

ルークは灰色の目を細めた。

「きみなら、たくさん友達がいるんだろうね」

フェイスは首を振った。母親と暮らしていた時はあまり人と会わなかったし、伯母《おば》の家にいたいとこたちはずっと年上で、あまり仲良くはならなかった。エドワードは……あくまでも侯爵の息子だ。本人がそう言っているのだから、友達ではないのだ。

「……そうでもないの。昔はリリーとしか遊ばなかったし」

「リリー？」

「お母さんと暮らしてた時に、大事にしてた人形なの。いつも一緒だった」

私、どうしてこんなことを話しているのかしら。誰にも話したことがないのに。

「私とお母さんの家は村の外れにあって、配達の人が必要なものを届けてくれる以外、ほとんど人が来ることもなかったから、リリーとばっかり遊んでたの。でも、やっぱり人形でしょう？　誰かお友達がいればいいのに、ってずっと思ってた。ある時、休耕《きゅうこう》中の畑に放してた牛が柵を越えて逃げてしまったから、追いかけたの。森の中の、村の近くまで行ってから、ようやく捕まえたんだけど……」

フェイスはそこでため息をついた。

「近くで声がしたの。森の小川のほとりで、女の子たちが遊んでた。二人で話して、笑って、遊んでた。私、その頃同い年ぐらいの子って見たことがなくて、交ぜてほしいな、と思って声をかけたの。でも、ビックリさせたみたいで、二人とも走って行ってしまったわ。それからは、リリーと遊んでもこれまでみたいに楽しくなくなってしまって……。友達がたくさんできたらいいのにな、っていつも思ってた」

ルークがフェイスの手をぎゅっと握ってきた。

「光栄だよ。きみの友達になれて」

一緒にいて楽しいから、そばにいてくれるなんて、とても素敵なことだ。自分よりずっと年上の人のことを友達というのは変な気がしたけれど。

「あのね、ルーク、私嬉しいの。モアランドパークやホワイトベルハウスに来て、たくさんの人と会えるでしょう？　お仕事は大変だけど、お金ももらえるし、お休みの日には、どこにだって行けるし」

ルークはなぜか一瞬怒ったような表情になり、それから小さく言った。

「……そうだな」

☆　☆　☆

一八九六年五月二十七日

今日のフェイスも、心底美味しそうにお菓子を食べていた。食べることだけでなく、彼女は何事も楽しそうだ。隠しだてのない、素直な様子で話しかけてくる彼女を見ていると、こちらの気持ちも和《なご》んでいく。こんな風に——ファーナム侯爵家の人間としてではなく——ぼくに接してくれた人間は、考えてみると他にいなかったように思う。

それにしても、フェイスは一体どんな育ち方をしたのだろう?

ぼくが知っているのは、彼女の母親が病気で亡くなったあと、ウィンフィールド近くの貧しい伯母の家で育ったということだけだ。だが、話を聞くほどに、普通ではない状況が明らかになっていく。まるで周囲の目から隠されていたようだ。しかし、であれば、極端に浮き世離れしているのもわからなくもない。人形だけを相手に、村の外れで暮らしていた幼い日のフェイスを思うと胸が痛む……。

☆　☆　☆

それからしばらく、フェイスは一日おきほどの頻度《ひんど》でホワイトベルハウスに通った。ホワイトベルハウスは不思議な館で、最新式の内装の部屋と、古式ゆかしい雰囲気の部屋が同居していた。つくり自体は古いようだが、最近になって改装が施されたらしい。改装された部屋は窓も大きく明るいが、あまり使われていない昔のままの部屋は、濃い飴《あめ》色の木の床と壁に囲まれ、古めかしさと重々しさがある。奥のほうには開かずの部屋らしきものもあり、ますます不思議な雰囲気を醸《かも》しだしていた。

仕事のほうはそれほど悪くはなかった。マチルダは相変わらずだったが、ミセス・メイヒューに教えられて手伝ううちに、髪の手入れや着付けもするようになっていった。

老婦人の朝は、高貴な出自の女性にふさわしくゆっくりだった。しかしそれは彼女が体調の悪さを隠しているためなのかもしれなかった。寝台に横になっている姿を見ると起き上がる力もなさそうなのに、起きてからは決して姿勢を崩さない。マチルダは弱音を吐かない女だった。体調の悪さを考慮して、フェイスはマチルダの着付けをゆるめにした。ドレスを着るにはコルセットが必須だったが、それもゆるめた。ドレスも少し補正をして、ゆったりと着られて居心地がよくなるようにした。マチルダがそれに気づいたのかどうかわからないが、フェイスに多少は視線を向けるようになったのは事実だった。

帰り際、お茶の時間の頃に温室に行くと、たいていルークが待っていた。読み書きの練習は続けられて、アルファベットをしっかりと覚えたあとに、簡単な単語を書きだすことも始めた。容易なことではなかったけれど、知らないことが明らかになるのは面白かった。フェイスはまた、時にはホワイトベルハウスの図書室で、地図や地球儀も見せてくれた。

モアランドパークとウィンフィールドの周辺しか歩いたことがなかったので、グレートブリテン島の形や大きさを見るのは初めてだった。

「まあ！　こんな形をしてるのね。ロンドンってとっても遠いわ」

「鉄道に乗ればあっという間だよ。鉄道はブリテン島のあちこちを走ってる」

「それに……地図が丸いの？　どうして？　地面は平らなのに」

ルークは一つ一つ丁寧《ていねい》に教えてくれた。グレートブリテン島にはイングランド、スコットランド、ウェールズの三つの国があり、連合王国を形成していること。また、連合王国が治める数々の植民地や新大陸の話など。突拍子もないことばかりで、地球儀を見ているだけで旅をしている気分になれた。自分がいる場所がどれだけちっぽけなのか、目の前が広がるような快感があった。

モアランドパークのエドワードは、フェイスと遊ぶ時間が少なくなって不満のようだったが、フェイスはホワイトベルハウスに行くのが待ちきれなかった。ルークが出してくれるとても美味しいお菓子も大好きだったし、少しずつでも文字が読めるようになるのは楽しかった。でも、それ以上にルークといる時間が楽しくて仕方なかった。

ある日、ミセス・メイヒューが親戚の結婚式に出かけるために休みを取った。それでフェイスが一日マチルダに従《せ》うことになった。その日も老婦人は身体の調子がよくないらしく、時折は咳き込んだりもしていた。それでも背筋をすっと伸ばして、きちんとした態度を崩さなかった。

咳止《せき》めの効果のあるタイムのお茶に蜂蜜《はちみつ》を入れたものを運んでいくと、マチルダは椅子に腰掛けて、膝の上に本を広げていた。

「奇妙なにおいがするわね」

「タイムのお茶です。よろしければ」

フェイスはサイドテーブルにお茶を載せた。

「……そう。今日はミセス・メイヒューはお休みなのね」

マチルダはタイムのお茶を少し眺めてから、カップを手にとって一口飲んだ。

「不思議な味だこと」

「喉《のど》にいいんです。昔、母によく作りました」

「……娘によくしてもらえて、あなたの母親は幸せね」

フェイスは答えられなかった。フェイスが何をしようと、母親は幸せそうではなかったから。

背後から扉をノックする音がした。執事が銀のトレイに手紙を載せて運んできた。

「奥様、先ほど届いたお手紙ですが」

「ああ、そう。フェイス、その手紙をこちらに持ってきてくれる?」

フェイスは何通かの手紙を受け取ったが、続けて言われた言葉に動きを止めた。

「差出人を読みあげてくれるかしら。最近目が悪くて読むのも億劫《おっくう》なのよ」

フェイスは息をのんで一通の手紙をひっくり返した。文字が書いてあるのはわかる。簡単な単語ならば読めるようになったけれど、人の名前は難しかった。

「ビー、アル……」

フェイスが眉根を寄せながらつぶやくと、シーモアがはっとしてマチルダに言った。

「ビーチャム様からです。それから侯爵様からのお便りです」

全然違う読みだった。フェイスは唇を噛《か》みながらマチルダに手紙を渡した。

マチルダは目を細めてフェイスを見てきた。

「そう、わかったわ。二人ともお下がりなさい」

字が読めないのがわかってしまったんだわ。フェイスはなんだか泣きたいような気持ちになった。役立たずと言われているようでいたたまれなかった。


その後は、何度かマチルダの着替えや用事に呼ばれる以外は、支度部屋で繕い物やアイロンをかけて過ごした。午後になってパーラーにお茶を届けに行くと、ルークが部屋にいて、マチルダと何かを話していた。ルークは普段館にあまりいないので驚いたが、マチルダのために本を朗読しに来ていたことを思い出した。

お茶を出して下がろうとすると、マチルダが声を上げた。

「お待ちなさい」

フェイスはマチルダに声をかけられるとは思わなかったのでびくっとして振り返った。

「あなた、今日は残りの時間はここにいなさい」

「あの、でも、お仕事が……」

思いがけぬ申し出だった。ルークが親しげな笑みをこちらに向けた。

「マチルダ様は、気分がすぐれない時がある。そばにいて見ていてくれると助かるよ。ぼくは本を読んでしまうと気がつけないことがあるからね」

マチルダはいつものように座っている。けれど、顔色がすぐれないのも確かだった。

「……そういうことなら、おそばに控えさせてもらいます」

フェイスはマチルダの後ろの椅子に腰掛けた。ルークが本を手に取り、朗読を始める。

それは、まだ字の読めない彼女にとって至福のひと時だった。

☆　☆　☆

一八九六年六月十三日
フェイスは決して愚《おろ》かではない。むしろ驚くべき記憶力と、勤勉さを兼ね備えている。

彼女は子音と母音のすべてを覚え、簡単な単語も覚え始めていた。出した宿題も必ずこなしてきた。また、簡単な計算も教えたが、足し算引き算はもちろん、かけ算や割り算の概念もすぐに理解した。それまで指で数を数えていたというのに……。彼女に学ぶ機会が与えられなかったことは惜しむべきことだ。これまでぼくの周りにいた、やる気もなく毎日遊び暮らす貴族の子弟たちを思い出すと、世の不条理さが腹立たしくなる。

父は、ロンドンで有力者たちと親交を結べ、と言う。いずれぼくは貴族院の議員になるし、ロンドンで顔をつなぐのは大切なことだ。しかし、この数カ月で、地に足をつけた暮らしとヘンリーに学んだこともまた多い。この学びは、いずれ父の補佐に回る時にも役立つだろう。そして、フェイスとの出会いも、ヘンリーがいてこそだ。

さて、明日もフェイスは来るはずだ。今日、ウィンフィールドの菓子屋でチョコを購入したので、文字の練習の間に一緒に食べればきっと喜ぶだろう。彼女の笑顔は十の宝石にも、百の星にも値《あたい》する。彼女があんなに可愛いのはどうしてだろう。靴下といわず、ドレスも帽子も贈りたい。継ぎの当たったサージのドレスではなく、柔らかな絹に包まれて愛らしく着飾った彼女を見てみたい。快活に話しかけてくる声を一日中聞いていたい……。

☆　☆　☆

フェイスは毎日が楽しくて仕方がなかった。もちろん仕事は大変だったが、やりがいがあった。フェイスが世話するマチルダは、親しみやすい性格とはいえなかったが、毎日顔を合わせていると、ささいな仕草や表情の変化で、その時の気分や何を求めているかなどがわかるようになってきた。やがて、フェイスに姿勢や歩き方などの指導もしてきた。行儀が悪いメイドが近くにいるのはイライラするから、ということだが、彼女なりの愛情表現のような気もした。なにより嬉しいのは、午後の朗読の時間だった。羊の世話で忙しくない時は、ルークはマチルダのところに来て一時間ほど朗読をする。その時フェイスはそばで控えているので、朗読を聞くことができた。ルークの声はとても素敵で、物語の面白さがより増した。そのあとでルークとおしゃべりしながら温室で読み書きの練習をするのも楽しかった。

六月も半ばを過ぎると、一日、また一日と日は長くなり、荒地の緑も濃くなっていく。ホワイトベルハウスの庭には美しくバラが咲き誇り、ラベンダーが爽《さわ》やかな香りを放った。また、いちごやラズベリー、さくらんぼといった果実がそこここで赤い実を結んだ。時々、読み書きの練習のあとに、フェイスとルークはこれらの木の実を取りに行った。ヘンリーの領地は、広大な侯爵領に比べれば小さなものだったが、実りは豊かだった。二人は木に登ってさくらんぼを堪能《たんのう》し、藪《やぶ》の中のラズベリーを味わった。

相変わらずマチルダの調子はよいとはいえないようで、食も細いままだった。

マチルダのもとには度々《たびたび》医師が訪れた。トレヴァーという名の初老の医師は、ウィンフィールドの近くに住んでいて、マチルダの調子を時々見に来る。白髪交じりのひげを豊かに生やし、丸メガネをかけた人物で、フェイスにも優しく対応してくれた。似ているはずもないのだが、なぜかルークと同じような雰囲気がして、フェイスは勝手に親しみを覚えていた。

「マチルダ様の具合はいかがですか」

「あまりよいとは言えないね……。咳がひどい時はこの薬を飲ませてあげなさい」

「トレヴァー先生の薬はすごいです。マチルダ様も、先生のお薬を飲むと楽になると言ってました」

「それは嬉しい言葉だね。戦場では薬が足りなくて多くの人が亡くなったから、元気になる人を見ると嬉しくなるよ」

「トレヴァー先生は、ずっとマチルダ様をみてるんですか?」

「そうだね。戦争から帰ってきてからはずっとみているよ」

「まあ。戦争に行ってたんですか?」

「アフガニスタンに。……戦争は醜《みにく》いものだよ」

「先生は、アフガニスタンの野戦病院にいたんですか」

「最初はね。だが、そのあとに捕虜《ほりよ》の収容所に異動になった」

トレヴァーは静かに言った。

「薬の効果をみると、人間というのは化学反応でなりたっている、とよく思うんだよ」

「化学反応、ですか」

「捕虜収容所で私が任されたのは自白剤の開発で、ケシとベラドンナとダチュラの成分を掛け合わせると、どんなことでも自白させられるとわかった。一片の嘘《うそ》もなく、だ。人の誠意よりも、薬のもたらす化学反応のほうが何倍も確実だということを知った瞬間だったよ」

フェイスは息をのんだ。

「じゃあ、たとえば、ル……じゃなくて、誰かが自分のことをどう思っているかとか、そういうこともわかるんですか？」

「残念ながら、フェイス、なかなかうまくいかないんだ。その薬を使うと、確かにすべてを話してはくれるが、そのあとに昏睡《こんすい》状態に陥《おちい》るか、亡くなってしまうんだ。結局その薬が戦争後も普及せず、闇《やみ》に葬《ほうむ》られたのもそういう理由からなんだよ」

夏が近づくにつれて、マチルダの体調は悪くなっているようだった。寝台で一日過ごすことも時々あった。

ある朝、寝台からなかなか起きてこないマチルダのもとに、フェイスは紅茶を持っていった。マチルダは寝台のヘッドボードにもたれかかって眠っているようだった。膝の上掛けの上に、読みかけの本が開いたままずり落ちそうになっている。フェイスは、紅茶を近くのテーブルに置くと、本を持ち上げようとした。

と、突然マチルダは目を開けると、本を持ったフェイスの腕をつかんできた。

「その本から手を離しなさい」

「あの……落ちてしまうかと思って。すみません」

フェイスは本を手放すと、寝台から一歩離れた。マチルダは本を抱え込むと、眠りから覚めたばかりの濁《にご》った目でフェイスを見やった。

「この本を読んだ？」

「いえ……、私、字が読めないので」

マチルダは肩の力を抜くと、寝台のヘッドボードにもたれて息を吐いた。

「そうね。……あなたは、そうだったわね」

マチルダは本を抱えたままぐったりと寝台に横になった。ふいに、老女の目から涙がこぼれ落ちていた。

「マチルダ様……具合が悪いんですか。何か必要なものがあればお持ちしますが」

「いいえ、フェイス……違うのよ」

マチルダは、寝台の上ではらはらと静かに涙を流し続けた。フェイスは布を水に浸して固く絞ると、寝台のそばに椅子を持ってきて座り、マチルダの顔をそっと拭いた。

マチルダは目を閉じたままでいたが、フェイスはしばらくそばに控えていた。

やがて、マチルダは目を開くと、ゆっくりと息を吐いた。

「いやね。歳《とし》をとると、昔のことを思い出してしまうのよ……」

「……そうなんですね」

マチルダは静かに天井を見上げている。

「ご気分は、よくなりました？」

「元から悪くないわ」

「そうですね」

フェイスは少しだけ力を抜いた。泣いているマチルダよりも、強がっているマチルダのほうが、それらしいと思った。

「ねえ、あなた。リトンのことはどう思う？」

だしぬけに、マチルダは尋ねてきた。フェイスは思いもよらぬ質問に目を丸くした。

「リトン……ルークのことですか？」

「そうよ」

「ええと……いい人だと思います」

「そんなことはわかっているわよ」

マチルダはぴしゃりと言った。

「リトンに字を習っているのでしょう」

「一応……。まだ全然読めないですけど」

答えながら、マチルダは一体どこまで知っているのだろう、と思った。どこまでも何も、せいぜい一緒にお菓子を食べているぐらいで、何もないけれど。

「味方でいるのよ」

「え？」

「あの子は本当にいい子よ。誰がなんと言おうと。私の自慢の孫なのよ」

「……ええ。それはもちろん。はい」

フェイスの言葉に、マチルダは満足したようだった。

☆　☆　☆

一八九六年七月三日
ぼくには、為《な》すべき務めがある。子孫にファーナム侯爵の爵位を伝えることであり、伝来の土地と財産を受け渡すことでもある。これはぼくがファーナム侯爵の長男として生まれてきた以上、避け得ることのできない事実だ。

父は、この難行を見事に果たした。父が爵位を嗣《つ》いだ時、侯爵家は先代の放蕩《ほうとう》の末に財産をあらかた使い果たし、借金ばかりがかさむ有様だった。にもかかわらず、父は領地を立て直した。今ではロンドンの貴族院においても重鎮として存在感を示しているし、経営者としても優秀だ。

だが、そんな父も、母の放埒《ほうらつ》な生き方には振り回されたという。もともと、母の持参金が目当ての結婚だった。ぼくが生まれたあとの二人の仲は見る間に冷えきり、母は……平民の男と不義を働き、公《おおやけ》に知られることとなった。五歳の時に母はぼくを捨て、侯爵領から逃げようとしたが、父が母を引き留め、母をホワイトベルハウスに幽閉したのだという。その頃には、母の庇護《ひご》者であった祖父も亡くなっており、跡を継いだ伯父（つまり母の兄だ）は、母に対して興味を示さなかった。

ぼくは幼すぎてその時の記憶はない。だが、当時ぼくに仕えていた乳母が語っていたことは覚えている。奥様のなさったことに侯爵様はお怒りなのだわ、と乳母は言った。ぼくにはわけがわからなかったが、乳母は続けた。あなたもお気をつけなさいませ。奥様のように侯爵様に見捨てられないように。

ぼくが母の影響を受けないように、と厳しく育て始めたのも、父が殊更《ことさら》に身分というものにこだわるようになったもその頃からだ。父の教育方針はぼくを今のぼくたらしめているし、何の異存もない。ぼくは父を尊敬している。人の上に立つ貴族として、成功した事業者として。だからこそ、ぼくは父の期待を裏切らないように励んできたし、それは結果を出しているように思う。けれども、最近思うのだ。期待に応《こた》えることができなければ、母のように自分も見捨てられるかもしれない、という恐怖がどこかにあったのではないか、と。

このところ、フェイスと多くの時を過ごしたが、一緒にいればいるほど惹《ひ》かれていく。彼女はぼくそのものの存在を認めてくれる。彼女と一緒にいることで、ぼくは何の気負いもなく幸せでいられる。ただ自分でいるだけで価値があるのだと思わせてくれる。

だが、父がフェイスの存在をよく思わないことは確かだろう。

あとひと月もすれば、父はロンドンから帰ってくる。彼女はモアランドパークのメイドになり、ぼくは侯爵の跡継ぎとして彼女と接することになるだろう。そうなれば、今のような関係は続かない……。それではどうしたらいいのか、ぼくは考え、そしてヘンリーに相談をしてみた。

「フェイスの面倒をみれないかと思うんだ」

ヘンリーはそれを聞いて、ぼくをまじまじと見てきた。

「あのちっこいのと、一緒になりたいってことか」

ぼくは考えてもなかった方面のことを言われて口を閉じた。

「侯爵が知ったら、面倒なことになるぞ。あの子と結婚なんてできるわけがないのだから」

結婚、という思いがけない言葉に、ぼくはふいを衝かれた気がした。フェイスとの結婚？　考えてもみなかった言葉がもたらすイメージに、ぼくは息が詰まりそうになった。フェイスと一緒に暮らす。彼女を毎日見て、話して、触れ合って過ごせるのだ。そんなことがあり得たら……夢のようではないか。

が、すぐに現実を思い出した。そうはいっても、彼女との結婚はどう考えても不可能だ。世間も父も、決して受け入れないだろう。とはいえ、一度思い浮かんだ、あまりにも美しく心躍《おど》る未来像は、ぼくの脳裏から容易に離れてくれなかった。

「結婚は、無理でも、……なんとかできないのか」

「……フェイスを愛人として囲うってことか」

ヘンリーは渋面で言った。またしても想定外の言葉に、ぼくは一瞬めまいさえ感じた。フェイスを愛人にする？　にわかに訪れた、不道徳な考えに、動悸《どうき》が激しくなった。しかし、一般的に貴族の男が愛人を囲うのは、珍しいことではないし、不名誉なことでもない。もっとも、父は愛人でも身分が低い者はいい顔はしないだろう。だが不可能ではない。隠し通すことができれば。そう考えた時、あっという間に計画が思い浮かんでいた。

「ストークの領地なら知られないだろう。小さいけれど屋敷もある。ぼく自身の事業の収入もあるし、父の世話にならなくても十分に面倒をみられる。働かなくても今よりもずっといい暮らしをさせてあげられるし、勉強する時間だってとれるだろう」

「物質面ならそうだろうが……。それに本人はどう思ってるんだ？」

「何も言ってない」

そもそも、今思いついたのだから。ヘンリーは黙り込んだが、やがて言った。

「本人に確認してみるんだな。フェイスが同意したなら協力しなくもない」

ぼくは明るい気持ちになった。

フェイスだって、今の働きづめの生活よりは、ぼくの申し出のほうがずっといいはずだ。それに、たぶん、彼女だってぼくのことは嫌いではない。今より一緒にいられる時間も増える。きっと、彼女は受け入れてくれるはずだ……。

☆　☆　☆

さらさらと時は流れた。七月の中頃の日曜日はよく晴れていた。

教会での日曜礼拝が済むと、フェイスはルークと待ち合わせた湖のほとりに行った。このところ、二人は日曜日になると外で会うようになっていた。

湖の草むした岸辺には大きな柳の木があり、緑の枝の下は心地よい空間になっている。ルークは先に到着していて、草地に敷いた毛布の上に寝転がっていた。

「ルーク、待った？」

「そうでもないよ」

「そうだわ、先にこれ、返すわね」

フェイスはこの間のお給金でもらったクラウン銀貨を二枚、ルークに差し出した。ルークはちょっとためらったあとに、受け取った。

「残りは四ポンドよね」

「返すのは焦らなくてもいいよ」

「ありがとう。でもできるだけ早く返しちゃうわ」

外で二人で会うといっても、たいしたことをするわけではないのだった。お菓子をつまみ、ちょっとは字の勉強の続きをして、あとは湖の上で石の水切りをしたり、近くにいる水鳥を眺めたりしながらしゃべるくらいだった。話の内容はどうでもいいことばかりだったが、それでよかった。たとえば牛の模様は白がベースか、黒がベースかと一時間議論しても、楽しいものは楽しいのだ。

しかし、一緒にいて気づくことは、ルークは相当いいところの跡取りなのではないか、ということだった。ルークがどんな人なのか、使用人たちに聞いてもみたが、どういうわけかのらりくらりとかわされて、よくわからない。ヘンリーのいとこならば、エドワードのまたいとこぐらいだろうか。彼に聞くのがいいのかもしれないが、エドワードはホワイトベルハウスのことを話すのを嫌がった。

「ねえ、ルーク、あなたのご実家はどこなの？　いつまでヘンリーのところにいるの？」

「近くだよ。八月くらいには父も帰ってくるから戻らないといけないな」

「……ふうん」

「それだけかい？」

フェイスとルークは湖のほとりを歩きながら話していた。

「会えなくなるのは、さみしいわ」

そう答えると、ふいにルークは足を止め、フェイスの正面に立って肩をつかんできた。見上げるると、すぐ目の前にルークの顔があって、この人の顔が好きなんだわ、とフェイスは思った。顔立ちも好きだけど、声も好き。いつまでも話していたくなるいい声だもの。それに、働き者だし、日焼けしていて……。

フェイスがそんなことを思っていると、必要以上にルークの顔が近づいていて、気がつくと、唇が唇を掠《かす》めていた。

くちづけ。

そんな言葉が脳裏をよぎった。

ルークの唇は一度離れて、それからもう一度優しく触れてきた。彼の唇は柔らかくて温かくて、不思議な味がした。

ルークが顔を離すと、灰色の瞳がじっとこちらを見つめていた。フェイスはぼうっとしつつも、じわじわと実感が湧いてきて、体中が熱くなってくるのを感じた。キス。私、ルークとキスしちゃったんだわ。

まともにルークの顔を見ていられなくなって、うつむいてしまう。すると、ルークは尋ねてきた。

「……初めてだった？」

「ええと、その、はい」

しどろもどろで答えると、もう一度ルークは聞いてきた。

「いやだった？」

フェイスは首を振った。

「そんなこと、ないわ」

気がつくとルークに抱き寄せられていた。ルークの腕の中は温かくて、なんだかいい匂いがして、とても居心地がよかった。ルークはフェイスよりも頭一つ分背が高くて、頭のてっぺんに彼の顎《あご》がちょうど載るような格好になった。

「このままさらってしまいたいな」

「私をさらっても、身代金は取れないわ」

ルークは喉の奥で笑ったようだった。彼の素敵な声が頭のてっぺんで低く響いた。

「身代金はいらないよ。きみを仕事から引き離して二人で旅に出るんだ」

「いいわね。どこに連れてってくれるの？」

「どこがいいかな。ウェールズか、それともアイルランドか……」

彼はフェイスをぎゅっと抱きしめてきた。顔を上げると目が合った。何かが湧き上がったのはその瞬間で、唐突なまでに切迫した思いが彼女の息をつまらせた。

「……ルーク」

ルークは腕の力をゆるめると、向き合っていた。

今度の口づけはごく自然だった。最初は羽根が触れ合うように軽く、それからゆっくりと深く。息が続く限りキスをしたあとに顔を離すと、ルークの顔が間近にあって、じっとこちらを見つめていた。フェイスは震える手で彼の頬《ほお》を撫《な》でた。

「私、あなたのことが好きなんだわ」

ルークもまた頷《うなず》いた。

「うん、ぼくもだ」

フェイスは嬉しくなって小さく笑った。もう一度抱き合ってキスをした。

借りていた絵本を二人で読んだ。わからない単語はルークが教えてくれた。それから、辞書を渡してくれた。辞書があれば、様々な言葉の意味がわかるらしい。その間、二人はずっと手を握っていて、フェイスは泣きたいぐらい幸せな気分だった。

それでも時間は瞬《また》く間に過ぎて、フェイスは帰る時間となった。

「フェイスは、これからもモアランドパークで働くのか？」

「ええ。だって他にできることないもの」

「それ以外に展望はない？」

「そうね……でも、夢はあるのよ。ありふれてるけど」

「夢？　どんな？」

「たいしたことじゃないの。ちゃんと結婚して、おうちを持って、家族をつくるの。私はお母さんみたいにはなりたくないから」

つないだルークの手が、一瞬こわばったような気がした。

「きみの話を聞いてると、よく母親のことが出てくるね。どんな方だったんだい」

フェイスは少しばかり楽しい気持ちが消えていくのを感じた。

「……話して楽しいことじゃないけど、ルークには言っておくわ。私のお母さんは、……正式な結婚ができなかったの」

ルークの足が止まったので、フェイスも歩みを止めた。

「お父さんのことは、詳しくは知らないの。もう亡くなったらしいけど、身分の高い人で、私のお母さんとは結婚できなかったらしいわ。でも、私を妊娠してしまったから、一緒にいることもできなくなって、お母さんは村の外れの、誰も訪れてこないような一軒家をもらって暮らすことになったの」

「……それで?」

ルークが硬い声で促《うなが》したので、フェイスは続けた。

「お母さんは、私が一歳の時に亡くなったの。最後までお父さんに会いたいって言ってた……。このロケットも……」

フェイスは服の下に首から提《さ》げた銀のロケットを取り出した。

「お父さんがお母さんにくれた物なんですって。でも、これだけ。これだけなの。お父さんがお母さんにしてくれたことって」

話しながら辛くなってきて、フェイスはため息をついた。

「私はお母さんみたいになりたくない。だから、きちんと結婚して、村の真ん中で、みんなに認められて暮らしたいの。それができないなら、ずっと働くつもり」

どういうわけか、ルークの表情は硬くこわばっていた。

フェイスは身の上を話したことを後悔した。

「ごめんなさい、こんな話、楽しくないわよね? せっかく……」

キスしてくれたのに。フェイスは後半の言葉をのみ込んだ。

「違うんだ、フェイス。きみは悪くない。きみの夢は、至極まっとうだ」

ルークと別れて、お屋敷の夜の仕事を終えると、フェイスは部屋に戻った。ルークが別れ際にまた絵本を貸してくれたので、読んでみようとしたが、頭の中がふわふわと浮き上がるような心地で、内容はさっぱり頭に入ってこず、やむなく本を閉じた。

キス。ルークとキスしちゃったわ。

そこまで考えて、母親のことを話したあと、ルークの表情が沈んだのを思い出した。

やはり、庶子《しょし》というのは歓迎されないのだろうか。彼はそれなりの家の跡取りなのだろうし、メイドのフェイスとは、釣り合いがとれないのかもしれない。別にルークと結婚したいとか、そういう大胆《だいたん》なことを考えているわけではないけど。でも、もしかしたら、案外普通の家の出身かもしれないし、そうだったら、一緒になれるかもしれない。ルークと一緒に暮らしたら、さぞ楽しいだろう……。

「……お母さん」

ふいに、母親のことが思い出された。母も、今のフェイスと同じような気持ちで、父を思ったのだろうか。その晩のフェイスは、様々な想像を巡らして、ちょっと落ち込んだり、幸せな気分になったり、なかなか眠れない夜を過ごすことになった。

☆　☆　☆

一八九六年七月十九日

……ぼくは愚か者だ。

ぼくが考えていたことは、お金で彼女の尊厳を踏みにじる行為だった。フェイスの望みを断つことに他ならない。フェイスの幸せを願うならば、本来あるべき雇用主とメイドという立場に戻り、それぞれの属する世界で生きるべきなのだ。

それでも、フェイスはぼくに素晴らしい贈り物をくれた。彼女の初めてのキスを。それだけで、十分じゃないか……。

☆　☆　☆

翌日はモアランドパークのお勤めだった。昨日の余韻《よいん》でふわふわしながら仕事をしていたが、午後にエドワードが興奮した様子で手紙を持ってきて、一気に現実に引き戻された。

「フェイス、もうすぐ父さんたちが帰ってくるんだ！」

侯爵様が戻るということで、屋敷は大忙しで準備を始めた。また、戻ってきた翌々日には、近隣の郷士を招いて晩餐《ばんさん》会も開くとのことなので、そちらの準備もしなければならなかった。主人の帰宅に合わせて、応接間と図書室、居間、書斎の布が取り払われた。すべての家具が磨き直され、床には絨毯《じゅうたん》が敷き詰められる。主寝室には新しい糊《のり》のきいたシーツが張られ、完璧に整えられる。そのすべてを行うのはフェイスたちメイドの仕事だった。

当然ホワイトベルハウスに行く余裕もなくなり、一週間ほど忙しい日々を過ごした。

「侯爵様が戻ってきたら、もっと忙しくなるのかしら」

フェイスが同僚であるメイドのメアリーに尋ねると、彼女は深刻な表情で頷いた。

「これまではお休みみたいなものよ。ご一家が戻られたら大忙しよ！」

次の日曜日、教会へ行った帰りに、フェイスはホワイトベルハウスに向かった。ルークはまた私にキスをしてくれるかしら。

いつものように使用人用の出入り口から訪ねると、執事のシーモアが迎え入れてくれた。

「……あのう、ルークはいる？」

シーモアに教えられて、フェイスは青の部屋に向かった。

青の部屋の扉は少し開いていて、中にルークとマチルダの主治医のトレヴァーがいるのがわかった。深刻な表情で何事か話し合っている。邪魔をしては悪いと思い、フェイスは青の部屋に入るのをやめて、隣のマチルダの部屋に向かった。

「こんにちは、マチルダ様」

マチルダは、窓際の小さな机の前に座り、書き物をしていたようだった。フェイスの声に気づくと、ペンを置いて振り返った。

「あらまあ、久しぶりだこと。私のことなど忘れてしまったのかと思ったわ」

「いいえ。もうすぐ侯爵様がお戻りになるので、準備が忙しくて来られなかったんです。これから当分来られないかもしれません」

「頃合いね。ミセス・メイヒューも少しゆっくりしすぎたのよ」

マチルダの言葉は辛辣《しんらつ》だったが、フェイスはその声にわずかな落胆《らくたん》を感じ取った。

「今までありがとうございました。本の朗読をご一緒させてもらえて嬉しかったです」

「そう」

マチルダは少し思案したような顔をした。

「あなた、少しは字は読めるようになったの」

「……難しいです。ルークに見捨てられないといいですけど」

そう答えると、マチルダはフェイスに手招きをした。

「こちらにいらっしゃい」

フェイスはマチルダのそばに歩み寄った。

「あなたにお願いがあるの。これを預かってもらえないかしら」

フェイスは差し出された紙包みを受け取った。丁寧に包装され、封蠟《ふうろう》まで施してあるそれは、持った感じで中身が本であることがわかった。

「なんですか、これ」

「日記よ」

「まあ。そんな大切なものを」

「私も近頃は体調がすぐれないわ。誰にも見られたくはないけれど、何かの拍子に人手に渡っては困るのよ」

確かに、ろくに字の読めないフェイスが、マチルダの日記を持っているとは、誰も考えないだろう。ある意味一番安全かもしれない。

「それでは、一応預かりますけど、お元気になったらお返ししますね」

フェイスが大事に手提げ袋に本をしまうと、ルークが部屋に顔をのぞかせてきた。

「あら、フェイス、お迎えのようよ。ほら、行ってしまいなさい」

フェイスはマチルダにぴょこんと頭を下げると、部屋を出てルークのもとへと近づいた。廊下にはトレヴァーもいて、フェイスに気軽に手を上げてくれた。

「トレヴァー先生とお話ししていたんでしょう？　お邪魔じゃなかった？」

「いや、いいんだ。少し話すことがあっただけだから、私は退散するよ」

トレヴァーはそう言って、ルークに親しげに目配せをすると、廊下を歩いていった。

「なにか深刻なお話をしてたの」

「マチルダ様の病状をね……。近頃調子が本当によくない。ここではなく、家のほうに連れていったほうがいいかと考えていて」

「まあ……そうなの」

　フェイスは、一人で泣いていたマチルダを思い出した。もし家族がいるなら、動けるうちに移動したほうがいいのかもしれない。

「ところでフェイス、一週間ぶりだね」

「そうなの。これから忙しくなるから、こちらには来られなくなりそうで」

　ルークは静かに微笑《ほほえ》んだ。

「ぼくもそろそろ父のもとに戻らないといけないんだ」

「……じゃあ、会えなくなっちゃうの？」

　ルークはそれには答えず、青の部屋にフェイスを導いた。青の部屋のテーブルには三段重ねのトレーに素敵なお菓子がたくさん載っていて、フェイスは目を輝かせた。

　二人はお菓子を食べながら一週間の出来事を話して、それから字の練習をした。

「辞書は引いてみた？」

「とても便利でびっくりしたわ。あれなら知らない字が出てきても、本を読めそう」

　ルークは満足そうに頷いた。二人で過ごす時間は相変わらず楽しかったが、今日のルークは、手も握ってこなかったし、キスもしてこなかった。

　最後に素晴らしい装幀《そうてい》の本を一冊、差し出してきた。

「何の本？」

「以前、ぼくが朗読していた本だ。いつか読める日が来るといいと思って」

「嬉しい。励みになるわ」

　フェイスはありがたく本を受け取り、微笑んだ。

「今度いつ会えるの？」

「……すぐだよ。きっと」

☆　☆　☆

一八九六年七月二十六日

　あさってには父がロンドンから戻るという。そろそろモアランドパークに戻る準備をするべきだが、祖母の体調がよくなく、その気になれない。長年祖母をみてくれているトレヴァー医師に相談したところ、長年患《わずら》っている胃腸炎が悪化しているとのことだった。万一のことを考えると、モアランドパークに戻ることも検討すべきだという。

　トレヴァー医師は、祖母との縁から、以前より親身になって話を聞いてくれる貴重な存在だ。彼はいつもぼくの話をじっくりと聞いてくれる。利害関係のない第三者が話を聞いてくれるのは、自分の中の考えをまとめるのにも役立ち、ぼくはしばしば彼に小さなことなどを相談していた。話の流れで、フェイスの勉強のことが話題になった。

「子爵はあのメイドがお気に入りですね」

「……いえ。ただ、彼女のように字を読めない人が、もう一度学べるチャンスを得るような方法があれば、とは考えています」

「ならば、学校を創《つく》るのもありでしょうね。あなたの領地に住むものなら、子どもだけでなく大人でも通えるような」

トレヴァー医師の提案は悪くないもので、一考の価値のあるものだった。

「あなたは素晴らしい考えの持ち主だ。現侯爵の期待を超えて、いずれさらに素晴らしい侯爵になれますよ」

トレヴァー医師はそう言った。

ぼくはフェイスと最後になるであろう時を過ごした。彼女はぼくに笑顔を向けてくれる。それはぼくそのものに向けられたものだ。侯爵の跡取りとしてではなく、また、見返りを求めるものでもなく。

モアランドパークでまたフェイスとは会うことになるだろうが、次に会う時は雇用主とメイドだ。これまでのような気の置けない交流はもうできないだろう。気がかりなのは、彼女の字の練習が途絶えてしまうことだ。読み書きの練習を始めて、絵本を読めるようにはなったが、まだまだ勉強は必要だろう。ぼくがいなくても勉強が続けられるように何か手を打てるといいのだが。

フェイスと過ごした日々はいい思い出になるだろう。

……これからは、結婚相手選びに本腰を入れなければ。

☆　☆　☆

侯爵と侯爵夫人がロンドンから帰ってきたのは、翌々日だった。

エドワードが家庭教師のミス・マナリングと共に玄関口で出迎えた。フェイスたち使用人も並んで主人の帰りを待ちわびた。

立派な四頭立て四輪馬車と、荷物を山ほど積んだ馬車が二台、敷地の整えられた道を通ってやってきた。四輪馬車が玄関前に停《と》まると、中から立派な身なりの紳士と女性が降りてきた。侯爵と侯爵夫人に違いなかった。

紳士は五十近い歳だろうか。中肉中背だったが、堂々とした歩き方と引き締まった表情が印象的だった。一方の女性は三十を少し越えたあたりだった。豪奢《ごうしゃ》な緑の外出着に、きれいに結われた髪、そのどれもが彼女の高貴な美しさを際立たせている。

エドワードは二人を見て顔を輝かせた。

「父さん、母さん、お帰りなさい！」

紳士はエドワードに笑顔を向けて、ぽんぽんと肩をたたいた。

「エドワード。背が伸びたな。ところでルシアンは？」

最後の一言に、エドワードの表情が少しだけ曇《くも》った。

「兄さんは、まだ……」

「そうか、仕方がないな……。あさってはルシアンのために晩餐会を開くのに」

「ファーナム。いない人のことを心配しても仕方ないわ。それよりエドワードのことを話し合わないと。もうすぐ寄宿学校に行くんですもの」

美女がおっとりと割って入った。

「父さん、それより、ぼく自転車で」

「話はあとで聞こう」

紳士は屋敷の中に行ってしまう。取り残されたエドワードの手を、美女が優しく引いて、屋敷に導いた。

「エドワード、会いたかったわ。ロンドンのお土産《みやげ》があるの」

フェイスは、三人が消えていった屋敷の入り口を見た。

「あれが侯爵ご夫妻？」

フェイスがメアリーに尋ねると、彼女は頷いた。

「そうよ。ファーナム侯爵様と、その奥様のプルーデンス様」

「エドワード様のお兄様はまだなんですか？」

「ルシアン様？　きっとふらりと来るんじゃない？　晩餐会の主役だもん」

「なんだかご家族ばらばらなんですね」

「侯爵様のご一家も、なかなか複雑な感じでね……。侯爵様と奥様は、まあ、ごく一般的なご夫婦なの。侯爵様は、跡継ぎのルシアン様にそれはそれは期待してて。エドワード様とは扱いが違うのよね……。それで、奥様は自分の息子がないがしろにされてるようで面白くないでしょう？　だんだんルシアン様との間がぎくしゃくし始めたみたいで。それからルシアン様は、モアランドパークから離れることが多くなったのよ」

「そういうことなんですね」

「でも、侯爵様の跡継ぎだから、そろそろ結婚しないといけないみたい。もう何年も結婚相手を探してるの。今回は近隣の郷士の娘さんを集めてのお食事会だから、顔合わせみたいなものよ。そのうちパーティーを開いて舞踏会もやるんだわ」

「貴族の家も大変なのね……」

　フェイスは、少しばかりぎこちなかった侯爵一家の後ろ姿を思い出していた。

　夜になって、こっそりと例の秘密基地に行くと、エドワードは窓のそばに椅子を置いて座り込み、なにか筒のようなものをのぞき込んでいた。

「エドワード様、何を見てるんですか？」

フェイスが声をかけると、エドワードは振り返った。

「月だよ。望遠鏡をお土産にもらったんだ」

「まあ、月が見えるんですか？」

窓の前に置かれた長い筒は、三脚に載っていた。エドワードに教えてもらって筒をのぞき込むと、丸い月が明るく白く輝いて見えた。

「これお月様なんですか？　表面がぼこぼこで山みたい」

二人は交互に望遠鏡をのぞき込んだ。エドワードは得意げに月の満ち欠けについてフェイスに教えてくれた。

「それにしても、フェイス、今日は遅かったじゃないか」

「忙しいんです。あさっては晩餐会でしょう？」

フェイスは答えながら、慌《あわ》ただしかった一日を振り返った。

「エドワード様のお母様はおきれいな方ですね」

フェイスが言うと、エドワードはにっこりした。母親と会えて嬉しいのだろう。

「エドワード様は晩餐会には出ないんですか？」

「子どもは出ちゃいけないんだ。フェイス、晩餐会の間一緒に遊ぼうよ」

「それは無理ですね。裏方仕事がいっぱいありますから」

「じゃあさ、フェイス、ぼくと遊ぶ専門の、ナースメイドになってくれよ」

フェイスは苦笑いした。

「私には決められないんです。だって普通のメイドとして雇われたんですから」

エドワードは、らしくなくため息をついた。

「世の中ってうまくいかないよなあ。せっかく気が合う人と知り合っても、見えないきまりでくくられて、ずっと一緒にいることもできないもんなあ」

「そうですねえ」

フェイスが頷いたのとほぼ同時に、扉がノックされた。フェイスは慌てて立ち上がって、エドワードの後ろに一歩下がった。

扉から現れたのは、侯爵夫人プルーデンスだった。侯爵夫人は、フェイスが部屋にいたことに少し驚いたようだったが、エドワードの姿を見て顔をほころばせた。

「まあ、エドワード、こんなところにいたのね。メイドになにか用でも頼んでいたの？」

「違うんだ。フェイスは、時間がある時にぼくと遊んでくれるんだ」

「……まあ」

侯爵夫人は優しげに微笑んだ。

「そうなのね。でも、メイドはメイドのお仕事があるんだから、あまり邪魔をしちゃいけないわよ、エドワード」

フェイスは後ずさると軽くお辞儀をして、部屋の出口に向かった。エドワードが茶目っ気たっぷりに目配せをしてくれたが、すでに心は母親に向かっているようだった。フェイスは、仲睦《むつ》まじい様子の母子の姿をあとに、物置を出た。


翌日は晩餐会の準備のために、モアランドパーク中が大忙しだった。各部屋の掃除はもちろん、花の飾りつけや、食事のメニューの確認など、やることはてんこ盛りだった。半地下で頼まれた銀器を磨いていると、執事のブラックに呼びだされた。

「新入りだね。侯爵様がご挨拶《あいさつ》をしてくださるそうだから、すぐに伺《うかが》いなさい」

フェイスは慌てて上階の書斎に向かった。扉をノックするとすぐに返事が返ってきた。

フェイスはおずおずと中に進んだ。

ファーナム侯爵は、フェイスが部屋の中程まで進むと椅子を引いて振り返った。

「きみが新しいメイドか。ミセス・ナッシュが褒めていたよ。よく働いてくれるとね」

フェイスは膝を軽く折って挨拶をした。

「侯爵様、私などにわざわざのご挨拶ありがとうございます」

侯爵は落ち着いた表情でフェイスを眺めてきた。穏やかだが、見落としのなくこちらを見据える目は鋭利だった。

「私は自分が雇う者は必ず実際に会うようにしているのだよ。誰かに伝え聞くよりも実際に会うと、なによりもその人物がよくわかる」

自分はどう見られているのだろう、とフェイスは少し不安に思ったが、表面には出さないようにつとめた。

「これまではエドワードの面倒もみてくれていたようだね」

「……はい。お一人でさみしそうな時がありましたから……」

「エドワードもずいぶん助かっただろう。ありがとう、感謝しているよ」

ファーナム侯爵は礼の言葉を述べた。フェイスは、侯爵のような身分の人から感謝されるなどとは思ってもみなかった。

「いえ、そんな」

「だが、もう私たちがいるから、大丈夫だ。これからは自分の仕事に専念しなさい」

「……」

「意味はわかるね？」

侯爵の言葉に、フェイスはゆっくりと頷いた。

「……はい、侯爵様」

「よろしい。それでは仕事に戻りなさい」

「失礼します」

フェイスはきびすを返すと書斎をあとにして、大きく息を吐いた。

　その日は一日中息つく暇もなく晩餐会の用意をした。しかし、忙しさはむしろ彼女にとって救いだった。部屋に戻ると、昼間侯爵に言われたことが思い起こされた。手持ち無沙汰《ぶさた》に、マチルダから預かった包みに、赤いリボンを巻きつけたりほどいたりしてしまう。侯爵の言う意味はわかった。エドワードとは遊ぶなということだ。当然のことだ。彼は侯爵の息子なのだから。それでも、昨日一緒に見た白い月を思い出して、フェイスは唇を噛んだ。

　翌日はさらに忙しくなった。正餐室《せいさん》のテーブルには真っ白なクロスが敷かれた。執事のブラックが定規で位置を測りながら銀器を並べていくのをフェイスは手伝った。

　しかし準備をしつつも、侯爵一家がイライラしているのが伝わってきた。今回の主役のはずのルシアン・シャーブルックが未だにモアランドパークにやってこないのだった。

　午後になると、近隣の郷士が一人、二人と訪れて、侯爵と侯爵夫人がにこやかに人々を迎えた。たいがいは、美しく着飾った年頃の娘たちを引き連れていて、なるほど、跡取り息子と顔合わせというのも、周りの単なる当て推量というわけではなさそうだった。

　晩餐会の支度は階下のキッチンでも続いていて、やってくるお客をのぞき見し続けるわけにもいかなかった。今日出すごちそうの用意で、ミセス・バードはてんてこまいだった。フェイスは給仕や来客の世話は従僕がするので、フェイスはキッチンの手伝いに回された。フェイスが頼まれたのはシャンパンソルベづくりだった。氷室《ひむろ》から氷を取り出してきて、樽《たる》の中に入れていると、上階で人々のざわめく声が聞こえた。

「ルシアン様がお戻りになったんだ」

玄関ホールで、出迎えた客の給仕をしていた従僕のトーマスが教えてくれた。

主役がやってきて、ようやく晩餐会は本格的に始まったようだった。ミセス・バードの作る素晴らしい料理の数々が、メイドや従僕の手で上階に次々と運ばれていく。フェイスの仕事は、ソルベのために、氷を入れた樽の中のかくはん機を回し続けることだった。上階の人々のさんざめくような笑い声を漏《も》れ聞きながら、かくはん機をごりごり回していると、つくづく住む世界が違うのだと思い知らされた。しかし、苦労の甲斐《かい》あって、シャンパンソルベは見事に半凍結状態になった。

任務を一つ終えてやれやれと思っていると、家政婦長のミセス・ナッシュがやってきて、フェイスにまた一つ頼み事をしてきた。

「リトン様のお部屋を整えてきてくれる？　お戻りになったからこちらに泊まるでしょうし、確認しておかないと」

「……リトン？」

ルークの苗字《みょうじ》ではないか、と思いながら聞き返すと、ミセス・ナッシュは呆れたように答えてくれた。

「ルシアン様のことよ。リトン子爵様」

「ええと、でも、まだ爵位を継いだわけではないのでしょう？」

「侯爵様は、三つ爵位をお持ちなの。ファーナム侯爵、リトン子爵、スウェイル男爵。複数爵位をお持ちの時は、余ってるほうの爵位を跡取りが名乗るのよ。儀礼称号っていうんだけど。そんなことも知らないの」

「……はあ」

偶然なのだろうか。爵位名と苗字が一緒。でもそういうこともあるのかもしれない。ルーク・リトン。でも、ルークが貴族のわけがないし。

フェイスはなんとなく釈然としない思いを抱えながら、半地下のキッチンから、上階へと向かった。サロンと応接室の扉からは、明かりが漏れ、何人もの人が歩き回る影が見えた。人々の話し合う声と、美しいピアノの音色が漏れ聞こえてくる。こっそりと扉の陰からのぞき込むと、美しいドレスを身にまとった女性や、黒い夜会服を着た紳士たちが広間を歩きながら楽しげに語り合っているのが見えた。シャンデリアの明かりを受けて、彼らが手にしたグラスや、髪飾りや、ドレスに縫《ぬ》い込んだ輝石《きせき》がきらきらと輝く。彼らの間を縫うように従僕が歩き、そつのない動きで給仕をしている。

夢のような光景だったが、フェイスはきびすを返して二階へと上がった。

二階の廊下は、明かりも少なく、薄暗かった。西翼の一番奥が子ども部屋。東翼の二番目の部屋が、つい最近片づけたばかりの跡継ぎの部屋のはずだった。

フェイスは部屋の中に入った。薄暗い部屋の中で、ふと何かの気配を感じた気がしたが、暗くてよくわからない。モアランドパークは、電気が通っているのがありがたかった。白熱灯の明かりをつけたが、特に誰かがいるようには見えなかった。

その部屋は、しばらく使っていなかったので、どことなく埃《ほこり》っぽいにおいがした。それでも、晩餐会に合わせてあらかたの掃除は終わっており、窓際の机周りと、部屋の真ん中に陣取っている寝台を整えるくらいで大丈夫そうだった。

フェイスはさっそく仕事にとりかかることにした。まずは寝台を整えようと、シーツに手を伸ばした。その時、扉を開閉する時のような音がした。なんだろう、と思ったと同時に、目の端に黒い影がひらめいた。

衝撃が頭を貫いたのはその時だった。ごつんという鈍い音と共に、暴力的な力が後頭部を襲った。ふらりとよろめくと、一拍おいて激しい痛みが後頭部に走った。

「……な……にが」

息を吐くのと一緒に声が漏れた。わけのわからない状況を把握《はあく》しようと頭を上げようとした時に、今度は側頭部に衝撃が走った。目の前に火花が散り、体が傾いた。一体何が起きたのか。誰かが自分に殴りかかっているのだろうか。何かに縋《すが》りつこうと手を伸ばしたが、触れたのはシーツの端でしかなかった。さらに頭部に何かがたたきつけられた。つかんだシーツと共に床にずるずると倒れ込むと、彼女は目の前が暗闇に沈んでいくのを感じた。

とてつもない痛みが頭部を走り抜けて、フェイスは悲鳴を上げた。

「フェイス、しっかりしろ！」

慕わしい声がして、フェイスはまぶたを持ち上げたが、目の前はちかちかとまたたくばかりで、焦点を結ばない。

「フェイス！」

ルークの声だ、とフェイスは思った。でもどうしてルークがここにいるんだろう。ちらりとそう思ったときにまたしても痛みが走って、彼女はうめいた。たくましい腕が彼女の身体を冷たい床から持ち上げて、柔らかい寝台の上へと移動させた。少し頭が揺れるだけでも、世界がでんぐりがえるような感覚があり、フェイスはうめきながら、涙がこぼれるのを感じた。

「フェイス、待っててくれ。すぐに医者を……」

ルークの声には切迫した響きがあった。けれども、そんなことが気にならないぐらい頭が痛かった。ああ、助けて。痛い。痛い。どうしてこんなに痛いの。フェイスは、痛みから逃れるために、もう一度意識を手放した。

☆　☆　☆

一八九六年七月三十日

父からの催促があった。今日はモアランドパークで近隣の郷士を招いて晩餐会がある。実際は花嫁探しも兼ねているので、ぼくが行かなければ意味がない。しかし、ホワイトベルハウスを出たのは午後も遅くになってからだった。ぼくは、モアランドパークでフェイスに対面するのを怖《おそ》れていた。

ほぼ四カ月ぶりに会う父は、遅れてきたぼくに対してひどく立腹していた。後妻である侯爵夫人プルーデンスは父を取りなした。身分の高く教養も深い彼女は、美しい女性だ。だが、父が再婚した時から、ぼくは彼女が好きになれなかった。彼女も、それほど歳の離れていない義理の息子に違和感を覚えたようだ。プルーデンスは社交界を好み、父の領地での暮らしにはなかなか馴染まなかった。だが、彼女は父を愛していたし、父のために努力をしていた。だからぼくと義母は互いに譲り合い、それなりの関係を保っていた。

晩餐会はつつがなく執り行われた。久しぶりの正装も、なんの意味もない人々との会話も、肩が凝《こ》るばかりだった。

食事のあとはサロンで演奏があり、来客たちとの礼儀正しい会話が交わされた。入れ替わり立ち替わり、招かれた未婚の女性たちが挨拶にやってきた。美しく着飾った年若い娘たちが微笑みかけてくるが、どうしてもフェイスのほうが魅力的に思えてならなかった。こんなことではいけないのだが。

ぼくがワインを飲んでいると、サロンの入り口に、ひょっこりとフェイスが顔をのぞかせているのが見えた。隅にいるぼくには気づかず、美しく飾りつけられた部屋や、行き交う来客を眺めて目を輝かせている。だが、すぐに入り口から去っていった。

気になったぼくは、少ししてからサロンをそっと抜け出して二階に上がった。階下ではまだ客たちが楽しんでいるようだが、不毛な時間にしか思えなかった。

ぼくは自分の部屋にたどり着いたが、扉が半開きになっているのに気づいた。明かりがついていた。ぼくは違和感を覚えた。部屋の中に入ると、まず目についたのは、机周りとたんすの扉が開けっ放しになっていることだった。荒らされている。泥棒がぼくの部屋に来たということだろうか。次に目についたのは、寝台の乱れだった。ぼくは眉をひそめたが、寝台の下に転がっている人影を見て、心臓が止まるかと思った。

フェイスだ。

フェイスが倒れていた。金色の髪の間から血が広がっているのが見えた。ぼくはフェイスに駆け寄った。フェイスはぴくりともせず死んだように動かない。

体中に悪寒《おかん》が走った。これほどの恐怖を感じたことはなかった。フェイスが死んだ？　そんな馬鹿《ばか》な。ぼくはフェイスに駆け寄った。

「フェイス、フェイス！」

ぼくは心底ぞっとしてフェイスを揺り動かした。彼女はだらりと身体を弛緩《しかん》させたまま動かない。しばらくして、彼女はようやくまぶたを動かしたが、目は焦点を結ばないまま辛そうな声を上げた。

「いたい……」

生きていたことに安堵《あんど》の息が漏れた。ぼくは大慌てで彼女を抱き上げると目の前の寝台に寝かせた。フェイスは少し動かしただけでも顔をしかめてうめいた。

「いたい、頭がいたいの、ルーク」

「フェイス、大丈夫か。誰かに殴られたのか」

「わかんない……いたいよ。たすけて」

フェイスはぽろぽろと涙を流してうめき続けた。ぼくはいたたまれない思いで彼女の頭を撫でた。側頭部に大きなこぶができていた。

「フェイス、待っててくれ。すぐに医者を……」

「……うん、ルーク……」

フェイスは焦点の合わない目で、それでもぼくを見て頷いた。フェイスを残していくのは忍びなかったが、ぼく一人で対処できることはたかが知れていた。

フェイスを助けなければいけない。ぼくはそれだけを考えて部屋を出た。

☆　☆　☆

ふと、意識が戻る瞬間があり、痛みに喘《あえ》いだあとに、それからまた闇に引きずり込まれることを何度か繰り返した。一度は、周りでたくさんの人がいる気配がして、そのうちの一人がフェイスにさかんに話しかけてきた。部屋で一体何があったのか、と聞いてきたような気がするが、そんなことわかるわけもなく、何を答えたのか覚えていない。また、次の時は、見覚えのある初老の男性……たしかトレヴァー医師……が、フェイスのまぶたをひっくりかえしたり、頭のぶつけた部分を慎重に押さえたりしてきた。それからとても苦い飲み物を飲まされた。それが薬なのだろうと理解できたのは、眠りに落ちる直前だった。

三回目に目を覚ました時は、夜明けの光が周囲を少し照らし始めた頃だった。

「フェイス」

名前を呼ばれたほうを見ると、ルークの姿が、薄い明かりの中でぼんやりと浮かび上がって見えた。いつもよりも立派な格好をしていて、いつものようにハンサムだと思った。

「……ルーク。どうして私、こんなに頭が痛いの」

ルークは濡《ぬ》れた布でおでこを拭《ぬぐ》ってくれた。それは冷たくてとても気持ちがよかった。

「きみは、殴られたんだよ」

「どうして？」

「泥棒がこの部屋に入ったんだ。そこにきみが部屋を整えにやってきたから、見つかると思ったんだろう」

「……そう」

なんだかもっと聞かなければいけないことがあるような気がしたが、頭が痛くてうまく考えられなかった。それで、もう一度目を閉じた。

日がだいぶ高くなってから、また目が覚めた。頭の痛みはだいぶ治まっていた。そこは例の跡継ぎの部屋であり、フェイスはその寝台でふわふわの枕に頭をうずめていた。部屋には誰もいなかった。フェイス一人がその豪勢な部屋で横になっていた。

こんなに日が高いのに寝ているわけにはいかない。フェイスは本能的に寝台から降りたが、頭がくらくらしてそこから一歩も動けなかった。寝台の下でうずくまって朦朧《もうろう》としながら窓の外を眺めた。

しばらくして、扉が開閉する音がした。ルークだった。うずくまっているフェイスを見て、駆け寄ってきた。

「フェイス、寝てないとだめじゃないか」

「私、働かなくちゃ」

「今日は寝てないとだめだ」

「でも、自分の部屋に戻らないと」

「送るよ」

よろよろと立ち上がろうとするフェイスを、ルークは軽々と抱き上げた。彼は上等のベストに、ジャケットを身に着けていた。ヘンリーの家にいたルークとは大違いだった。

彼はフェイスを抱いたまま廊下に出ると、迷うことなく使用人用の階段へと向かった。

フェイスは、ルークの胸にもたれながら、ぼんやりと考えた。

どうしてルークはこの館のつくりがわかるのだろう。いや、そもそも、どうしてルークがここにいるのだろう。

「ねえルーク。どうしてルークがここにいるの？　晩餐会に招かれたの？」

「ここがぼくの家だからだ」

ルークは答えた。フェイスは聞くともなく言葉を聞いて、その意味を反芻《はんすう》した。

階段を上りきると、三階の使用人の部屋が並ぶ廊下にたどり着いた。他の使用人たちはすでに働きに出ていて静かだった。

「あなたの家……でも、ここはファーナム侯爵のお屋敷なのよ」

「そうだ。ぼくはここで生まれて育ったんだ。ぼくはルシアン・シャーブルック。リトン子爵だ。次代のファーナム侯爵でもある」

フェイスは、沈黙でその言葉を受け止めた。

ルークは、部屋の扉を足で蹴《け》って開け、フェイスをベッドの上に優しく降ろしてくれた。

フェイスはベッドにあおむけに寝ると、ルークの顔を見上げた。痛みが彼女の思考を苛《さいな》んだ。考えがまとまらなかった。どうにか、言った。

「ルーク、戻って。ここはあなたのいる場所じゃないわ」

「……フェイス」

ルークはベッドの脇にひざまずくと、両手でフェイスの顔をはさんだ。

「元気になってから、このことはしっかり話し合おう。今日は一日寝ているんだよ。体調がよくなるまで休みをとれるように、執事には言っておいたから」

「お願い、戻って……」

フェイスはささやいた。ルークは後ろ髪をひかれる様子で部屋を出て行った。

頭がずきずきと痛かった。だが、急にすべてが腑《ふ》に落ちた。これまで、ルークに関して、奇妙に感じていたことの正体がわかった。

ルーク。ルシアン。そしてリトン子爵。

彼は嘘をついていたわけではない。ヘンリーも、マチルダも、ただ、肝心《かんじん》なところを言わなかっただけだ。そして、フェイスはその微妙なところに気づかなかった。

問題は、彼が、自分の身分を黙っていたことではない。フェイスが、彼のことを愛してしまったことだ。

「……お母さん」

フェイスは揺らぐ視界の中でうめいた。

違う。自分は母のようにはならない。愚かにも、身分の違う男と恋に落ち、あげく村の隅に捨て置かれ、それでも最後まで父を求めて死んでいった、母のようには。

☆　☆　☆

一八九六年七月三十一日

あの時から、フェイスのことが片時も頭から離れない。

倒れていたフェイスを見つけた時。彼女が死んでいたかもしれないと思った時。

この世のすべてが凍りついたように思えた。何もかもが色を失い、音を失い、冷たく動かない空気の中に放り込まれたように。フェイスのいない世界が、ぼくにとってどのような意味を持つのか、その時にぼくは知ったのだ。

あの日、泥棒に頭を殴られて、フェイスは痛いと泣いていた。しかし、ぼくの部屋以外も、いくつかの部屋が荒らされていることがわかると、父をはじめ、屋敷の者は窃盗《せっとう》についてばかり調べ始めた。朦朧としている彼女に取り調べが行われ、治療は後回しにされた。あげく、フェイスをさっさと自室に連れていくように父は言った。それに対し、ぼくは反論した。この屋敷のために働いている者が被害に遭《あ》ったのに、放り出すようなことをするのは、上に立つ者としてあまりに非道ではないか、と。父はいい顔をしなかったが、その晩はぼくの部屋で様子を見ることを許した。

無意識なのだろうが、その晩のフェイスは痛い痛いとうめいてしくしくと泣いていた。その姿はあまりに痛ましく、また苦しんでいる彼女に何もしてやれない自分がふがいなく、まんじりともせずに夜を明かした。

翌日連れていった彼女の部屋は侘《わび》しかった。硬いベッドが部屋のほとんどを占め、あとは小さなたんすと書き物机があり、トランクが置いてあるだけだった。書き物机の上に、ぼくが渡した辞書と小説、それに封蠟を施された白い包みがあった。目を引いたのは、白い包みにくるりと巻かれた赤いリボンだった。砂糖菓子を包んでいた赤いリボン。それだけが、狭い部屋の中で色彩を放っていた。

フェイスはぼくが侯爵の息子であることを知ると、痛みに顔をしかめながらも言った。出て行ってくれ、と。

フェイス。

ぼくはどうしてきみと離れられると思っていたのだろう。きみは今、あの侘しい部屋で、一人で痛みに耐えているのか？　ぼくにできることは何もないのか？

第３章

フェイスは一週間ほど自分の部屋で休むことを余儀なくされた。そんな中、トレヴァーが毎日訪れてはフェイスを診察してくれた。

「お忙しいのに、毎日私のところになんて来て大丈夫ですか」

「報酬《ほうしゅう》はちゃんとリトン子爵からいただいているから大丈夫だよ。頭のけがは、大事にしないと後遺症が残ることがある。ゆっくり休みなさい」

トレヴァーは、ルークが侯爵の跡継ぎだとはもちろん知っていたのだろう。フェイスがルークと仲良くしていたのを見て、不思議に思っていたのではないだろうか。

ルークの立場が判明して、様々なことが腑《ふ》に落ちた。マチルダは侯爵の実母であり、ルークとエドワードは腹違いの兄弟だ。侯爵とヘンリーは伯父《おじ》と甥《おい》の関係にあたる。

ルークとは、あれ以来会っていなかった。彼が来ないことに、フェイスはほっとしていた。顔を合わせても何を話していいのか全くわからなかった。

フェイスが寝こんでいる間は、同僚のメアリーが面倒をみてくれた。毎日地下から食事を運んでくれたが、頭を殴られて二日ほどは、気分が悪くてほとんど手をつけられなかった。三日目になってようやく食欲が戻ったので、スープとパンとチーズという軽い食事を食べた。そこで気がついたのは、小さなチョコレートがおまけのようにくっついていることだった。ヘンリーの館でよく食べたものでフェイスの好物だった。

「差し入れですって」

メアリーは言った。誰の差し入れかは容易に想像がついた。

「私……いただけないわ。もう、もらえないって断ってくれないかしら」

「そう言われても、私は頼まれただけだもん。せっかくだから食べればいいよ」

メアリーはこれまでのチョコレートもお皿に載せてベッドサイドに置いていた。

五日目になると頭痛もふらつきもだいぶ治まってきた。他の者が働いているのに、寝ているのが辛くなった頃に、エドワードがふらりと見舞いに来てくれた。

「フェイス、元気になった？」

エドワードは、フェイスの部屋を物珍しげに見てから、ちょこちょこと枕元にやってきた。

「まあ、エドワード様。こんなところに来ていいんですか？」

「こっそりね。ここがフェイスの部屋？　あんまり広くないね」

「昼間はいなくて、普段は夜寝るだけですから」

エドワードは、フェイスに泥棒事件の顚末《てんまつ》について教えてくれた。晩餐《ばんさん》会があった日は、人の出入りが多かったため、泥棒が入り込みやすかったのではないか、ということだった。部屋を荒らされたのはルークの部屋だけではなかった。書斎や、侯爵の部屋も荒らされたらしい。いくつかの宝飾品も盗まれてしまったが、被害はそれほど多くはなかった。未だに犯人は捕まっていない。たまたま鉢《はち》合わせしたフェイスは運が悪かったとしか言いようがなかった。

「でも、フェイスと兄さんが知り合いだなんて思わなかったよ」

「……私も、知りませんでした。毎日牛や羊の世話をしてたし、ヘンリー様の親戚だって言うから、てっきり、どこかの農場か牧場主の息子かと思ってて……」

フェイスはため息をついた。

「兄さんは一晩中フェイスのことを心配そうに見てたよ？　父さんは、……その、メイドを兄さんの寝台で寝かせるなんて、けしからん、って怒ってたけど」

あの侯爵なら言いそうな言葉である。

「あっ、これ、兄さんが買ってきてたチョコレートだ。美味《おい》しいよね」

「……食べますか？」

「えっ、いいの？」

「食欲があまりないんです」

エドワードがチョコをつまむのを見ながら、フェイスは紙と鉛筆を取り出した。どうやって書けばいいんだろう。フェイスは思案しながら文字を綴《つづ》った。その字や書き方が正しいのかどうかわからなかったが、きれいにたたんで、エドワードに渡した。

「エドワード様、ルシアン様に会いますよね？　これ、渡してもらえませんか？」

「手紙？」

「そんなようなものです」

「いいけど……」

エドワードは紙を受け取ると、しげしげとフェイスの顔を眺めてきた。

「フェイス、早く元気になって、一緒に遊ぼうよ。今、また凧《たこ》を作ってるんだ」

侯爵は、エドワードに何も言っていないのだろうか。

「……エドワード様。私も……」

フェイスが言いかけた時に、部屋の扉が開いて、ミス・マナリングが顔をのぞかせた。

「エドワード！　こんなところにいたの？　探したのよ」

エドワードは肩をすくめた。ミス・マナリングは、今日は新しいつけ襟《えり》の服を身に着けていた。フェイスの姿を認めると、気の毒そうに目を向けてきた。

「まあ、フェイス……。大変だったわね。こぶができてるわ。大丈夫？」

「だいぶよくなりました。さあ、エドワード様、もう帰ったほうがいいわ」

「ちぇっ。仕方ないな。フェイス、早く元気になってよ！」

エドワードはそう言って部屋を出て行った。

☆　☆　☆

一八九六年八月四日

エドワードがフェイスから手紙を預かってきた。手紙というか、メモというか、ともかくそれを読んでぼくは大いに落胆《らくたん》もしたし、怒りさえ感じた。

「なんて書いてあったの」

と、エドワードが手紙をのぞき込んできたので、それを見せた。

『おかしいらない　こないで』

エドワードはそれを読んでうめいた。

「フェイスって……字、書くの下手だね」

「仕方がないんだ。三カ月前まで字も読めなかったんだから……」

ぼくは、十四歳年下の異母弟エドワードのことは嫌いではない。ただ、歳《とし》が離れているのもあり、特別に仲がいい兄弟、というわけではなかった。それに、義母のプルーデンスのこともある。直接何かを言われたわけではないが、彼女はぼくがエドワードと接触するのを好んでいないようだった。しかし、ぼくがホワイトベルハウスにいた間、フェイスがエドワードの相手をしていたというのは知らなかった。兄弟そろって同じ女性に好意（の種類は違うだろうが）を持っているというのは奇妙な感じがした。

フェイスが襲われてから、ぼくは彼女に会っていない。未だに犯人不明の窃盗《せっとう》事件への対処が忙しかったこともあるし、彼女にゆっくりしてもらいたかったためもある。だが、一番の理由は父の目が厳しかったことだ。父は、ぼくがメイドを一晩看病したことをよく思っていない。もしもぼくがフェイスに個人的な好意を寄せていることが知れたら、迷いなく彼女の首を切るだろう。紹介状なしに。紹介状がなければ新しい雇い先を見つけるのは難しい。フェイスの侘《わび》しい部屋を見た時、貧しさの度合いが知れた。屋根のある働き口がありがたいと言っていたわけがわかった。伯母《おば》の家に戻るのも難しいだろう。何年か働いてゆとりができてからならまだしも、今、彼女を放り出すわけにはいかない。

ぼくはもう一度書き付けを見た。文字を書けるようになった。一緒になら絵本も読める。だが、これではまだまだ不十分だ。あの金貸しにされたように、また誰かに騙《だま》されるかもしれない。

何か。ぼくにできることはないのか。フェイス。フェイス……。

☆　☆　☆

翌日、体調もおおむね戻り、久しぶりに使用人用の風呂を使わせてもらった。さっぱりした気分で半地下から戻ると、ルークが部屋に陣取って椅子《いす》に座っていた。フェイスは扉の前に立って彼を見つめた。

「フェイス。よくなったかい」

「ルーク……ルシアン様。こんなところに来てはいけないわ」

「この手紙を読んだら、来ずにはいられないよ」

ルシアンは、昨日フェイスがエドワードに託した手紙を放ってよこした。書き方が悪かったのだろうか。しかし、フェイスには他にどう書いていいかわからなかった。フェイスは中に入ると、ベッドの端に腰掛けた。

「困るんです。私……あんな上等なお菓子を受け取る資格がないですから」

「以前はぱくぱく食べてたじゃないか」

「だって、あの時は何も知らなかったから……」

ルシアンは苛立《いらだ》ったように、手紙をにらみつけた。

「私、ここを辞めようと思うんです」

フェイスがそう言うと、ルシアンは顔色を変えた。

「辞めてどうするんだ？　いい仕事が見つかるとはかぎらないじゃないか」

「やろうと思えば何だってできます。他のお屋敷に勤めてもいいし……」

「フェイス、辞めないでくれ。もしどうしても今辞めるというなら、紹介状は持たせないぞ」

紹介状がなければ、メイドとして別のお屋敷に再就職することは難しい。この仕事は信用第一なのだ。フェイスは唇を噛《か》んだ。

「お屋敷じゃなくたって、洗濯女や、縫い子だってできます。紡績《ぼうせき》工場だってありますから」

「きみはぼくに四ポンド貸しがある。それはどうするんだ」

「……少しずつ返します。必ず」

「辞めるなら今すべて返してくれ」

フェイスはかっと頭に血が上るのを感じた。

「ひどいわ。無理だってわかってるくせに！」

「フェイス、辞めないでくれ。せめてもう少し字が書けるようになってほしいんだ。これまでのようにぼくが……」

「どうやって？　ここはモアランドパークよ。ホワイトベルハウスに通っていた頃とは違うわ。あなたは侯爵の息子。私はメイドで今までよりも仕事も多くて時間もないし、周りの目だって」

　フェイスは鼻の奥がつんと痛くなるような気がしたが、言葉を続けた。

「……侯爵様がいい顔をしないわ。私があなたの部屋で倒れて、様子を見てもらった時だって、ずいぶんお怒りだったんでしょう」

　そこまで言って、涙がこぼれてきて、フェイスは目を拭《ぬぐ》った。

「ルーク。……ルシアン様。私は器用じゃないの。あなたと同じ屋根の下に暮らしているのに、知らん顔なんてできない。だって私は、あなたのこと……」

「……フェイス」

「あなたにとっては、ホワイトベルハウスで私と会ってたのはただの気晴らしだったかもしれないけど、私は……」

「気晴らしなんかじゃない。ぼくは本当にきみとのことを考えていたんだ。湖のほとりで言ったことだって嘘《うそ》じゃない。ただ、難しい問題があるんだ」

　難しい問題。立場の違いは、到底解決できない問題だ。

「お願い。辞めさせて。会わなければきっと忘れられるわ。あなただって結婚して子どもをつくらないといけないんでしょう？　いつか立派な侯爵様にならないと……」

いつの間にかフェイスはぐすぐすと泣きだしていた。ルシアンは、ハンカチを取り出してフェイスの顔を拭いてくれた。

「フェイス。ぼくが自分のことを隠していたせいで、きみを傷つけてしまったことは謝る。だが、そうしなければきみとぼくが一緒にいることなんてできなかったろう？」

「一緒にいる必要なんてそもそもなかったわ。だって、私とあなたが同じ立場で会うなんて、おかしなことだもの」

「そうしなければ、きみは字を学べなかった。手紙だって、書くことはできなかっただろう」

「少しでも字を教えてくれたことは、本当に感謝してるわ。でも……ダメなのよ」

ルシアンは強く言った。

「フェイス、まだ辞めないでくれ。せめて、もう少しでいいから字を読んで、書けるようになってほしいんだ。字の問題については、下心があって言っているわけじゃないんだ。読み書きができるということは、たくさんの情報を手に入れて、自分で様々なことを判断する手助けになってくれる。字が読めなければ、誰かに言われたことを信じて判断するしかない。もし、その誰かがきみを陥《おとし》れようとしたら？　この間の金貸しのように、騙されて、いいようにされてしまうかもしれない。きみみたいに純粋な女性を、何も知らないまま放り出すことは、どうしてもしたくないんだ」

フェイスは涙を拭いた。

「でも……、どうやって字を練習すればいいの？　ここでは、ホワイトベルハウスみたいに、あなたと一緒に字を練習する場所も時間もないわ」

「手紙を書こう。ぼくがきみに手紙を書く。ちょっとした宿題と一緒に。きみはそれに返事を書いてくれ。間違っているところがあればぼくが直すし、正しければそれでいい。繰り返せば、きちんとした文章も書けるようになる。書けるようになれば、読むのもやさしいはずだ。辞書は持っているだろう？」

「……ええ」

「それなら、大丈夫なはずだ。やってみよう。図書室の奥、アルコーブの下に手紙を置いておくから」

フェイスは頷《うなず》いた。

「……でも、字が書けるようになって、お金も返したら、私はここを辞めます」

「その時が来たら、きちんとした働き先を紹介するよ。きみが困らないように」

ルシアンはフェイスの手を取り、いつの間にか近づいていた。

「……フェイス。ぼくは、本当に……」

そのささやきに吸い寄せられそうになるのを、フェイスはかろうじて押しとどめた。

「ルーク。……ルシアン様。戻ってください。ちゃんと、字の練習はします」

フェイスに押しのけられて、ルシアンがきゅっと奥歯を嚙みしめたのがわかった。

「ぼくは手紙を書く。きみの返事を待っているよ」

彼はそう言い残すと、部屋を出て行った。

☆　☆　☆

一八九六年八月六日

ぼくが図書室でフェイスに向けての手紙を書いていると、父がやってきた。父とは、フェイスが倒れた時に言い合って以来、ほとんど会話を交わしていなかった。父は、例の窃盗事件が内部の犯行ではないか、という調査結果を伝えてきた。いくつかの貴金属が盗まれたが、結局犯人はまだ捕まっていない。

「あの時はかっとしたが、おまえの言ったことは間違っていなかったかもな」

唐突に父は言った。

「何のことです？」

「おまえが使用人を庇《かば》ったことだ。上に立つ者として大切な心構えだ」

父はそれだけを言うと、図書室から出て行った。

上に立つ者。

父の言葉が示すものを、ぼくは初めて明確に認識した。

父は、侯爵という身分が表す尊さを、その身に示すような存在だ。誰もに敬《うやま》われている。

だが、殊更《ことさら》にそれを示すようになったのは、若き日に、妻が（ぼくの母だ）平民と不貞《ふてい》を働き裏切られて以来のことではないか。今でも母の裏切りを許せず、ひいては平民を許せずにいる。支配者として、領民に慈悲を与えることはあっても、決して対等であることはない。であれば、父がフェイスを認めることは決してない。

図書室のアルコーブのそばは、ちょうどカーテンの陰となり、周りからはほとんど見えない。その場所にぼくは手紙を置いた。

☆　☆　☆

フェイスは仕事に戻った。朝に図書室に行くと、アルコーブのそばに、目につきにくい一角があり、その下に折りたたまれた手紙が置いてあった。フェイスは手紙をこっそりと懐《ふところ》に入れると、その日の仕事をこなした。屋敷の中では、侯爵の一家とすれ違うこともあったが、エドワードをのぞいては、使用人はいないように扱われるのだった。侯爵は、フェイスが復帰したのに気づいたのか、例の鋭利な視線を投げてきたが、特に何も言わなかった。ルシアンとすれ違うこともあったが、彼はこちらを一顧だにしてこなかった。

侯爵家の帰還後は、毎日の食事作りにキッチン要員が不足していた。フェイスは、午後からキッチンの手伝いにも回されることになった。キッチン周りの仕事は、なかなかハードだったが、侯爵家と顔を合わせる心配がないのは救いだった。

夜、部屋に戻って手紙を開くと、ルシアンの美しい文字が綴られていた。

『きみの好きなものを教えて』

私が好きなもの。以前もらったシャボネル・エ・ウォーカーのチョコ。ラズベリーのジャムをたっぷりつけたヨークシャープディング。シルクの生地の手触り。本を朗読してもらうこと。

フェイスは一つ一つ文字を綴った。わかる単語もあれば、わからない単語もあった。辞書を引いてみても、よく読めなかったり、わからなかったりしたが、とにかく書いた。

翌朝、フェイスは前夜に書いた手紙を本棚の間にこっそりと滑り込ませた。その日も忙しく、午前中は屋敷の掃除、午後は料理の手伝いと休む暇もないほどだった。

夜になって図書室に行くと、本棚の間に新しい封筒が置いてあった。

フェイスは部屋に戻って封筒を開いた。中には、四枚の紙が入っていた。昨日フェイスが書いた手紙に、ルシアンが一つずつコメントを書いてくれていた。間違った綴りには正しい綴りを。また、正しかった綴りには素敵な褒め言葉が書いてあった。それから、正式な手紙の書式を指示してあった。二枚目にはやさしい文章で、ルシアンに今日あった出来事が簡単に書かれていた。三枚目の紙に、手紙形式で今日あったことを書くように、という宿題が出されていた。

フェイスはその手紙を何度も読み返した。手紙の書き方に決まりがあるなんて知らなかった。三枚の手紙を机に広げて、四枚目の真っ白な紙に、ルシアンの手紙を真似しながら、フェイスは書きだしの文字を綴った。

そのようにして、フェイスは毎日夜に四苦八苦して手紙を書き、朝の掃除の時に本棚の間に挟み込んだ。一日が終わり、また図書室に向かうと、ルシアンからの返事が届いていた。手紙のやりとりは一日も休まずに続いた。

ルシアンの顔を見ることがなくなり、ほっとする一方で、一日の終わりに彼の手紙を受け取ることを切望している自分に気づく。彼の書く美しい文字の一つ一つの中から、少しずつ読み取れるものが増えていく。日を追うごとに、彼女も文字を書くことに汲々《きゆうきゆう》とするだけでなく、文章で表現できるものがあることに気づいていった。

☆　☆　☆

一八九六年九月十六日

しんあいなるルシアン。

きょう、わたしはりょうりにんのバードさんとブラウンブレッドをつくりました。めもをかいたので、つくりかたをわすれませんでした。字をかけると、たくさん、のことをおぼえていられます。うれしいです。

かしこ

フェイスからの手紙が来ると、ぼくはそれを何度も読む。手紙といえるほどの内容でもないが、今のぼくにはかけがえのないものだ。

トレヴァー医師がぼくに知らせた。祖母の容態がよくないという。ぼくはかねてより父に祖母の帰宅を持ちかけていたが、いよいよ迎え入れる日を決める段取りとなった。ぼくは父と図書室で詳細を詰めた。ほぼ話がまとまったあたりで、エドワードがふらりとやってきた。父が去ったあと、エドワードが言った。

「おばあさまが来るの？　来たくないんじゃないの」

「そんなことない。どうしてそう思うんだ？」

「母さんとミス・マナリングが言ってたんだ。あんまりぼくたちに会いたくないって」

意外なことだが、義母と、エドワードの家庭教師のミス・マナリングは仲がよく、時々楽しそうにしゃべっているのを見かける。歳もそう離れていないこと、また、お互いに上流の出なので気が合うのだろう。しかし、なにもエドワードに余計なことを吹き込む必要はないだろう。祖母と義母の仲が良好ではないことは知っているが……。

「マチルダ様はエドワードのことを大事に思っているし、会えたら喜ぶよ。フェイスに世話をしてもらえたら助かるだろうし」

「おばあさまが来て会いに行ったら、フェイスにも会えるかな」

フェイスが半ばキッチンメイドのような扱いをされているのは知っていた。キッチンに行けば、ぼくたち家族とはほとんど会わない。父の口利きかと思っていたが、義母の可能性もあるのだろうか。いずれにせよ、二人はエドワードに身分の低いフェイスが近寄るのを嫌がっているのだろう。

「そうだな。きっと会える」

ぼくは、エドワードの言葉を受けてフェイスが祖母の世話に回るように手配することを考え始めた。そう、彼女が祖母の世話に回れば、会えるかもしれない。

☆　☆　☆

夏の日は瞬《また》く間に過ぎ、季節は静かに秋に向かっていった。

日が少しずつ短くなり、小ぬか雨の降る日が多くなった。朝夕に冷え込みが深くなり、夏の名残は雨が降るごとに流れ去っていった。モアランドパークの周りにある荒地にも、ヘザーが咲き誇り、地面を見渡す限りの赤紫に染めた。

マチルダが侯爵家にやってきたのは九月も末のことだった。トレヴァーやルシアンの言っていたとおり、マチルダは体調がすぐれず、侯爵の家で養生することになったのだ。

声がかかったのは、マチルダがやってきた翌日で、以前のヘンリーの家でのように、身の回りの世話の手伝いをしてほしいということだった。

約二カ月ぶりに会うマチルダは、以前よりもやつれて見えた。ホワイトベルハウスとモアランドパークの距離はわずかなものだったが、それでも移動がこたえたらしく、寝台で一日横になっていた。

マチルダが侯爵家にやってきたにもかかわらず、侯爵と侯爵夫人は顔を見せなかった。ルシアンとエドワードが一緒にやってきたのは夕方ごろだった。ルシアンは、フェイスの姿を見て難しい顔になったが、エドワードはわかりやすく表情を明るくした。

エドワードは、マチルダへの挨拶《あいさつ》も早々に切り上げて、フェイスのほうへとやってきて、唇をとがらせた。

「フェイス、最近ちっとも見かけないじゃないか」

「ごめんなさい。キッチンのお仕事に回されて忙しかったんです」

「これからは、少しは遊べる?」

「……それは」

「エドワード。人にはそれぞれに合ったふるまいがありますよ。落ち着きなさい」

マチルダがぴしりと言った。エドワードは肩をすくめた。

「おばあさまは、ちょっと厳しいんだ」

「あれだけしっかりされた侯爵様のお母さまですもの」

フェイスが言うと、エドワードはにやっとした。

マチルダとルシアンとエドワードの三人は和《なご》やかな雰囲気で話し始めた。フェイスは三人にお茶を出すために一度部屋を出た。ルシアンの視線を感じて、どきどきした。

ルシアンとエドワードの兄弟二人が一緒にいるのを見るのは初めてだったので、フェイスはなんだか不思議な気がした。二人はあまり似ていなかった。

ルシアンとは会っていなかったが、手紙に書いてくれていたので、何をして過ごしているかは知っていた。今でも時々ヘンリーのところに行っているし、羊の面倒も見ているが、侯爵の進めてきた事業や、領地経営も行っているようだった。近隣の名士とも社交を通じて交流しているし、半地下のキッチンでじゃがいもの皮をひたすら剝《む》いていた自分とはずいぶんと違うのだ。

紅茶の入った銀のティーポットとティーセットを、半地下から運んで階上に上がると、マチルダの部屋の前に、ルシアンが立って待っていた。

「フェイス、久しぶり」

ルシアンに声をかけられて、フェイスは心臓が口から飛び出そうな気がした。

「お金は受け取ったよ。残りは三ポンドだ。ずいぶん字もうまくなったね」

フェイスは、ルシアンに返すお金を、お給金が入るたびに手紙と一緒に図書室に置いておいたのだった。

「ありがとう。ルシアン様のおかげです」

声を聞けて、身体《からだ》が溶けてしまうのではないかというほど嬉《うれ》しかったが、フェイスはあくまでも礼儀正しく言った。ルシアンはため息をついた。

「フェイス、きみはいつも朝に図書室を掃除しているのか」

「……はい。その時に手紙を置くから」

「わかったよ」

会話はそれで終わりだった。ルシアンは、部屋の扉を開けると、フェイスを中に招き入れた。その日は、マチルダの部屋に控えて、三人が楽し気に過ごすのを眺めた。

☆　☆　☆

一八九六年九月二十六日

親愛なるルシアン。

しつもんにこたえます。仕事はあさからいそがしいです。キッチンの火おこしとそうじと、へやのそうじと、かたづけとたくさんします。おひるのあとはキッチンでよるごはんの下ごしらえをします。時々バードさんがりょうりのあじみをさせてくれるのがうれしいです。はやくルシアンがくれた本をよめるようになりたい。

かしこ

フェイスの手紙を読むと、使用人たちの仕事が重労働だということがよくわかる。しかしぼくがフェイスにできることは本当にわずかだ。だからこそ、フェイスが祖母の世話に回ってよかったと思う。少なくともキッチンの仕事よりは彼女にとって楽なのではないだろうか。それに、祖母も喜んでいたし、エドワードも嬉しそうだ。

それにしても、久しぶりに、本当に久しぶりにフェイスと言葉を交わせた。わずかな会話の、言葉の一つ一つがぼくの中に染み入るようだった。あまりの愛らしさに思わず抱き寄せたくなるのを抑えるのに必死だった。少しでも彼女と共にいられるように、そして、少しでも彼女の望みを叶えられるように、ぼくは一つの考えを実行に移すことにした。

☆　☆　☆

翌朝、いつものように居間と玄関の掃除をしたあとに、図書室に行った。手紙を届けるのを、人に見られたくなかったので、一人で掃除すると申し出ていたのだった。

侯爵家の人々は、夜遅くまで起きていることが多く、朝はたいてい太陽がだいぶ上に昇るまで休んでいるので、朝方の掃除は誰もいないのが普通だった。その日も誰もいないかと思って中に入ると、図書室の中央の長椅子に、ルシアンが座り込んでいた。フェイスが思わず扉の前で立ちつくしていると、ルシアンは窓の方向を向いて口を開いた。

「これは独り言だ」

フェイスはどうしていいかわからずに、ルシアンの横顔を見つめた。

「マチルダ様がまた朗読を希望されているが、どの本がいいか悩んでいる。これから、朝の人がいないうちに試し読みをしようと思っているんだ」

ルシアンはそう言うと、手にした本をめくった。

「……この物語は、ある女性の忍耐が報われ、ある男性の決意が成し遂げられるものである。もし……」

ルシアンの声は、以前と変わらず朗々《ろうろう》とした聞きやすいものだった。物語は紡《つむ》がれる。

それを聞きながら、ルシアンがフェイスのために、人のいないこの時間に朗読を始めたのだと気づいた。フェイスが、本を朗読してもらうのが好きだと書いたから。

ふいに、胸が熱くなって、泣きたくなった。ルシアンに抱きついて、ありがとうと伝えたかった。でもそうしてはいけないとわかったから扉を閉めて、図書室の隅《すみ》の、一番目立たない場所にある本棚の間に手紙を挟んで、掃除を始めた。掃除の間、ルシアンはずっと本を読み続けてくれた。

掃除が終わると、フェイスは扉を開けた。重い木の扉がきしむ音に気づいて、ルシアンが顔を上げた。一瞬だけ目が合ったが、フェイスは掃除道具を抱えて部屋を出た。


マチルダの部屋には、エドワードがしばしば転がり込むようになった。二人で遊ぶ時間はとれなかったが、マチルダの部屋で一緒にいるだけで、エドワードは満足なようだった。マチルダも、下の孫が部屋に来てくれるのは嬉しいらしい。最初は咎《とが》めるような口調でたしなめていたが、やがて喜んで迎え入れるようになった。

「おばあさまも、結構いいひとだよね」

フェイスが繕《つくろ》い物をしている間に、エドワードはこっそりとささやいてきた。

「これまで、別々に住んでたし、怖そうであんまり話せなかったんだ。おばあさまと仲良くなれてよかったよ」

マチルダとエドワードは、小さなコマを回したり、カードをして過ごしていた。マチルダはカードが好みのようで、エドワードと遊びながらも時々笑いがこぼれることがあった。

部屋を去るエドワードの後ろ姿を見つめながら、マチルダは言った。

「あの子もいい子ね。今まであまり一緒に過ごさなかったのが悔やまれるわ」

「ルシアン様とはよく一緒に過ごされたんですか」

「リトンは私が育てたようなものよ」

「まあ。そういえば、ルシアン様は早くにお母様を亡くされたんですよね」

フェイスがそう言うと、マチルダは心なしか表情をこわばらせた。

「ええ。そうね……」

しかし、エドワードとマチルダの蜜月《みつげつ》も、長くは続かなかった。ある日、エドワードがマチルダのところに来ていると、美しい薄ピンクのドレスを着た侯爵夫人が、訪れてきた。

これまで侯爵夫人がマチルダのところに来るのを見たことはなかった。侯爵夫人はにこやかに微笑《ほほえ》んで、マチルダに挨拶した。

「御母様。お加減はいかがですか。エドワードがお邪魔していると伺《うかが》って……」

マチルダは椅子に座ってエドワードの相手をしていたが、侯爵夫人の姿を認めると、背筋を伸ばした。

「せっかくですから、あなたもこちらでお茶でも飲んでいかれたら?」

それに対して、侯爵夫人は優雅な仕草で首を振った。

「お体にさわるといけないですから、すぐに失礼しますわ。エドワード、いらっしゃい」

エドワードはとてもきまり悪そうな表情になると、侯爵夫人と部屋を出て行った。

残されたマチルダは、しばらく黙って扉を眺めていたが、やがてぽつりと言った。

「疲れたわ、フェイス。少し休むわ」

そして、それ以降、エドワードがマチルダの部屋にやってくることはなくなったのだった。

☆　☆　☆

一八九六年十月二十八日

今日は父と義母のプルーデンスとの晩餐だった。義母は後妻であるから、父とは歳がかなり離れているが、それなりに仲のよい夫婦であると思う。同じように名家の出であり、価値観が合うのもあるだろう。父がおなじみの言葉を言った。

「エドワードは来年から寄宿学校に入る。おまえもそろそろ身を固めることを考えなさい」

「あら、そんなに急《せ》かさなくてもいいのではないかしら。リトン子爵はまだお若いわ。跡継ぎを心配するにしても、エドワードも、ヘンリーもいるのよ」

　プルーデンスはおっとりと言った。

「妙な女にひっかかってても困る。遊ぶなら身を固めてからでも構わないだろう」

「まあ、侯爵。あなたも遊んでらっしゃるの」

「いつもきみといるのに、その隙《すき》があるように見えるかね」

　二人の会話の内容にうんざりして、ぼくは答えて席を立った。

「前向きに検討しますよ」

　ぼくは晩餐室を出ると、子ども部屋に向かった。

　フェイスとの手紙のやりとりは続いている。フェイスは、本を読みたがっている。だが、いきなり難しいものを読むと、挫折してしまう可能性がある。それで、ぼくは子ども部屋の絵本をフェイスのためにしばしば借りていた。

　子ども部屋に行くと、エドワードが望遠鏡をのぞいていた。ここのところ祖母の部屋では見かけていない。大人しくミス・マナリングと過ごしているのだろうか。ぼくが本棚に向かうと、エドワードが声をかけてきた。

「兄さん、絵本なんか読むの？」

「フェイスに読める本があればと思ったんだ」

「フェイスと会ってるの？」

「遊んでいるわけじゃない」

エドワードは近寄ってくると、さっとぼくのポケットから手紙を奪い取って中身を読みだした。


親愛なるルシアン。

きのう読んでくれた本はとてもおもしろかったです。わたしはしあわせなおわりかたをする話がすきです。かりた本もよみました。絵がたくさんできれいです。

かしこ

「なんだ、やっぱり会ってるんじゃないか。二人で手紙までやりとりして」

「そういうんじゃないんだ。フェイスが字を書けるように教えているだけだ」

「でも二人で会ってるんだろ。ずるいよ。ぼくも交ぜてよ」

「……エドワード。フェイスはぼくらとは違って毎日働いてその隙間に勉強をしてるんだ。遊んでいるわけじゃない。この手紙だって、朝の掃除の合間にやりとりしてるんだ」

「じゃあ、ぼくも朝いっしょに掃除すればいい？」

「エドワード。フェイスは働いてるんだ」

エドワードはむくれて言った。

「つまんないよ。父さんが帰ってきてから、フェイスは遊んでくれないし、せっかくおばあさまと仲良くなれたのに、病気だから会いに行っちゃいけないって言われるし」

ぼくは歳の離れた弟を見た。父も、ぼくの時とは違い、次男のエドワードにはさほど厳しく接しない。逆に言えば、それは無関心の表れなのかもしれない。

「フェイスに会いたいなあ……」

エドワードはぽつりと言った。

☆　☆　☆

季節は、秋へと移り変わり、朝夕めっきり冷え込むようになった。モアランドパークの周りの木々も、葉を美しい色に染め上げたあと、散っていった。朝には深いもやが立ち込めるようになり、日が昇るのも遅くなっていく。

フェイスですら起きるのが辛いと思う秋の朝でも、ルシアンは必ず図書室で待っていて、朗読をしてくれるのだった。二人は話すことはなかった。けれど、彼と同じ空間にいること、声を聞けることが、フェイスにはこの上なく幸せなことに思えるのだった。

その日は、ひどく冷え込む寒い朝だった。前日の晩に、侯爵家にはヘンリーが訪れて泊まっていった。侯爵家の面々は、早めに床についたマチルダを除き、夜遅くまでヘンリーを囲んで時を過ごしたようだった。宴会後の朝の館は、誰もかれもが寝ていて静かなものだった。散らかった晩餐室を片づけるという大仕事が残っていたが、フェイスは手紙を届けにまずは図書室に向かった。

扉を開けた図書室では、暖炉《だんろ》の石炭がちろちろと赤い火を残していた。さすがに今日はルシアンはいないだろうと思っていたが、予想に反して彼は図書室の長椅子に寝そべっていた。昨日の宴会のあとに、そのまま図書室に来て、寝てしまったという風情《ふぜい》だった。

フェイスは扉を閉めると、ルシアンのそばにそっと歩み寄った。

ほんの数カ月前は、この人と手をつないで、一緒に湖のほとりを歩いていたのに。

そう思うと切なくなって、フェイスは目元が熱くなるのを感じた。

ルシアンが目を開いた。彼は、最初はぼんやりと目を瞬かせていたが、フェイスの姿を認めると、体を起こした。フェイスははっとして身を引いたが、目は合っていた。

「フェイス、行かないでくれ」

ルシアンは手を伸ばして、フェイスの手首をつかんでいた。気がつくと、腕を引かれて、ルシアンの隣に座り込んでいた。触れ合うほどに、彼の顔は近くにあった。ウイスキーの匂いがする息が、頬《ほお》にかかるほどに。

「……きみを待ってようと思ったら、寝てしまったよ」

「……ルシアン……様。毎朝、待ってなくてもいいのに」

「……フェイス」

ルシアンは、フェイスをさらに引き寄せた。

「今ぼくが読んでる本は、楽しいか？」

「ええ。とても」

「……それぐらいしか、きみにしてあげられることがない」

ルシアンはフェイスを抱きしめてきた。フェイスはルシアンを押しのけようとした。

「ルシアン様。酔ってるんです。こんなことは、いけないことです」

「そうだ。酔ってる」

ルシアンは、より強くフェイスを抱きしめた。彼女の首筋に顔をうずめると、うめくようにささやいた。

「フェイス、きみが好きだ。ずっときみといたい。こんなことは、きみにも、ぼくにも、この屋敷にも、よいことをもたらさないとわかってるのに」

「……ルシアン様」

「きみが好きだ。愚《おろ》かなことだとわかっている。それでもきみが好きなんだ」

ルシアンはフェイスを抱く力をゆるめた。彼が顔を上げる。目の前に彼の顔があった。

ルシアンの手がフェイスの顔に添えられると、その親指が唇をなぞる。

「ルシアン……」

思いがあふれて、それ以上言葉にならなかった。彼の唇が、唇に重なるのも、もう止められなかった。ルシアンの唇は、ウイスキーの名残で、わずかに苦かった。息の続く限り、二人は互いを互いに与え合った。

唇が離れたあとも、ルシアンはフェイスを放さなかった。ぴったりと寄り添って、洋服越しに彼の身体の熱を感じていることだけが、すべてだった。ただ、彼のいるところが、フェイスの本当の居場所だと思えた。

「……ルシアン……」

フェイスがささやいた時、扉がきしむ音がした。ルシアンの身体がこわばり、息をのむのがわかった。扉を開けて、誰かが足早に近づいてくる音がした。

ようやくフェイスは、顔を上げた。ここで、ルシアンと抱き合っているところを誰かに見られたら……。

「離れろ！」

低く唸《うな》る声がして、フェイスは突然髪をつかまれた。痛みが頭部に走ったと思うと、強い力で引きずられて、床に引き倒されていた。

「メイドの分際で、何をしている！」

呆然《ぼうぜん》と見上げると、そこにファーナム侯爵の姿があった。彼は仁王《におう》立ちになり、フェイスを見下ろしていた。

「父さん！」

ルシアンが侯爵に向かって叫んだ。

「やめてくれ、フェイスは悪くない。ぼくが彼女を」

「黙れ、ルシアン。お前は、リトン子爵だ。リトン子爵が、このような愚かなことをするのか」

「父さん」

「この娘がお前をたぶらかしたのだ！」

侯爵は怒りを込めた目線を投げかけたと思うと、足を振り上げてきたのがわかった。その直後にお腹《なか》に信じられないくらい強い衝撃が走って、フェイスは悲鳴を上げた。床に転がり、身を二つ折りにして、その痛みに耐えようとした。蹴《け》られたのだ、と理解したそのすぐあとに、さらに立て続けに、衝撃が彼女を襲った。あまりのことに目の前がかすんだ。猛烈な吐き気と苦しみに、彼女は床にはいつくばった。床に爪を立ててこらえようとしたが、到底かなわない。自分のものとも思えないうめき声が漏《も》れた。

侯爵とルシアンが怒鳴り合いながらもみ合っているのが、かすむ視界の向こうでかろうじてわかった。しかし、何を言っているのか全く理解できない。うずくまっている間にも、背中を何度かたたきつけられたらしく、そのたびに痛みが走って、フェイスは声を上げた。

あまりに辛くて、床の上でのたうち回り、少しでも楽な体勢を探して喘《あえ》いでいると、周囲に人の気配がしてくるのがわかった。

騒ぎを聞きつけられたのだ。朝の静かな時間にルシアンと侯爵の叫び声が聞こえたら、誰だって気づくだろう。ああ、こんなところを見られてしまったら……。

フェイスがうめきながらもそう考えていると、耳元で声がした。

「フェイス、フェイス！」

メアリーの切迫したような声が聞こえた。

「立って、お願い、早くここから出るのよ！」

従僕のトーマスがかがみこんで、フェイスの左腕を持ち上げてきた。

「侯爵様はお怒りだ。ここにいたら何されるかわからない。とにかく早く」

フェイスはトーマスとメアリーに左右から抱えあげられるようにして、よろよろと立ち上がった。ヘンリーが、侯爵とルシアンをなだめているのが見えた。図書室の出入り口には騒ぎを聞きつけた使用人たちが集まっている。中には、ねまき姿の侯爵夫人とエドワードの姿も見えた。エドワードは真っ青な顔でフェイスを見つめていた。侯爵夫人に半ばもたれるように呆然と立っている。

フェイスは、周りの視線を感じながら、メアリーとトーマスに引きずられるように廊下に出た。そのあと、どこをどう歩いたのかよく覚えていないが、気がつくと、キッチン横の半地下のパントリーに押し込められていた。

冷たい石床に倒れこんで、苦しさのあまり朦朧《もうろう》としていたが、秋の弱い日差しがパントリーにも薄く差し込む頃には、気分の悪さもなんとかましになっていた。かわりに背中がずきずきと痛みだした。背中に手を触れると、じっとりと赤い血がついてきた。侯爵に背中も傷つけられたらしい。

寒々としたパントリーに人がやってくる気配もなく、フェイスは床に横たわったまま丸くなっていた。

これからどうなってしまうのだろう。侯爵の怒りは尋常《じんじょう》ではなかった。もうここにはいられないだろう……。

様々な思いが脳裏を駆け巡り、知らず知らずのうちに涙をこぼしていると、廊下の向こうから重たい足音が聞こえてきた。フェイスが半身を起こすと同時に、パントリーの扉が開いた。見知らぬ男が二人、立っていた。モアランドパークの使用人ではなかった。男たちは、フェイスの腕を乱暴にとって立ち上がらせた。引きずられるように歩かされて外に出ると、裏口の前に粗末な箱馬車が用意されていた。

「……どこに行くの」

「どこでもいいから、あんたを領地の外に追い出せと、侯爵様の仰《おお》せだよ」

男の一人がそう言って、フェイスを箱馬車に押し込めた。箱馬車の窓には布がおろしてあり、外を見ることはできなかった。完全に閉じ込められる形になった。

まもなく馬車は走りだした。速度を上げているのかひどい振動で、座っているだけで気分が悪くなってくる。背中の痛みも治まらず、座面に丸くなっていると、何もかもが悪い夢なのではないかという気がしてきた。

「……ルーク。ルシアン。ルシアン……」

フェイスは目を閉じて呪文のようにつぶやき、地獄《じごく》のような時間をやり過ごした。

どれくらい時が過ぎたのか、馬車はやがて速度を落として停車した。馬車の扉が開いて、男たちに引きずり出されると、フェイスは地面の上に放り出された。

彼女は周囲を見渡した。そこは森の中のようだった。道には一面黄色や茶色の落ち葉が散らばり、傾いた日差しが、木々の長い影を作っている。あたりに人の気配は全くなく、そこがどこなのか全くわからなかった。

「侯爵様が仰せだ。二度と侯爵領に足を踏み入れるな。あとはどこへでも好きなところに行けばいいとさ」

男が言った。

「私をここに置いていくの」

男が薄ら笑いを浮かべたのが答えだった。馬車の御者台《ぎよしや》に二人が乗り込むと、そのまま走り去っていった。

一人残されたフェイスは、地面に座り込んだまま動けなかった。

周囲は静寂に包まれていた。空気は冷たく、午前中に着る木綿《もめん》のドレスを身に着けているきりのフェイスには、とても寒く感じられた。秋の弱い日差しは、体を温めるにはとても足りない。腕で体を抱きしめたが、寒さは変わらなかった。

☆　☆　☆

一八九六年十一月三日

今日、起きたことをすべて記すのが難しいほど、あまりにも多くのことが起きた。

一つ言えるのは、ぼくが致命的な過《あやま》ちを犯したということだ。

ぼくは酔っていた。ヘンリーが訪れていたこともあり、二人で酒を飲み、気もゆるんでいた。ぼくはフェイスを待つためにそのまま図書室で夜を明かした。

そして、目覚めた時に、フェイスがいた。この数カ月というもの、存在するのに決して手を触れられずにいた、ぼくが求めてやまない、ただ一人の女性。彼女が目の前にいるというのに、どうして抱きしめずにいられただろう？　フェイス。彼女がぼくの腕の中にいないことが間違っている。その瞬間こそが世界のすべてだった。

だが、それも父が現れるまでだった。ぼくは父が姿を現した瞬間に血が凍るのを感じた。

こんな早朝になぜ、図書室に来たのか。来るはずのない時間なのに。

そこからは混乱が続いた。父はフェイスをぼくから引き離した上、彼女を打ち据えた。容赦《ようしゃ》のない打擲《ちょうちゃく》に、ぼくは父を止めるのに必死だった。やがて騒ぎを聞きつけた使用人とヘンリーが、ぼくと父を引き離した。使用人たちが庇うようにフェイスを部屋の外に連れていくのを見届けてからぼくは言った。

「フェイスにあそこまでする必要はないはずでしょう」

「早朝に人気《ひとけ》のない図書室で誘惑するような娘をか」

「逆だ！　フェイスはずっとぼくと接触しないようにしていた。ぼくが彼女をここに呼んでいたんだ」

「ルシアン、恥を知れ！　おまえはリトン子爵なんだ」

「だから何なんですか。フェイスだってぼくらと同じ人間だ。惹《ひ》かれることだってあるはずだ」

「使用人と我々では背負うものが違う」

「あなたは、自分を裏切った母を、そして母を誘惑した男を許せずにいるんだ。だから殊更に身分にこだわり続ける！」

ぼくの言葉が引き金となって、父とぼくは再びもみ合いとなった。それを止めたのはヘンリーだった。彼はぼくを力ずくで図書室から引きずり出すと、隣室へと押し込めた。

「落ち着け。侯爵を怒らせたら、事態が余計に悪くなるとわからないのか」

しかし、ぼくは殴られていたフェイスが気がかりで、とても部屋にいられないと告げた。すると、ヘンリーは無情にも部屋に鍵をかけて出て行った。

「きみはしばらくここから出るな。お互いに落ち着くまでここにいるんだ」

しかし、ヘンリーやぼくの予想よりも、父の怒りは激しかった。

夜、ぼくが部屋を出た時には、すべてが終わっていた。フェイスは屋敷から、侯爵領から追放されていたのだ。あげく、彼女の部屋の荷物はすべて燃やされてしまったという。

ぼくは愕然《がくぜん》とした。ぼくは、フェイスをこの寒空の下に、身一つで追いやる状況に追い詰めてしまったのだ。ヘンリーの謝罪も空《むな》しかった。父の、侯爵の怒りの前で、ヘンリーにできることがあるだろうか。

祖母とエドワードがぼくのもとに来たのは、ぼくがフェイスのことを聞いて、衝撃からまだ抜け出せない時だった。

「リトン、これを」

祖母が、メイドに持たせせたトランクをぼくに渡してきた。

「フェイスの荷物が燃やされる前に、いくつかなんとか持ちだしたんです」

そのメイドはフェイスの同僚で、メアリーと名乗った。祖母は言った。

「フェイスを探してらっしゃい。ファーナムの怒りもわかるけれど、あんな形で追い出すのは間違ってます。せめて身の回りのものを届けてあげて。それから、これから先のことをなんとかしてあげないと」

ぼくはトランクを受け取った。それから祖母は、フェイス宛《あて》の餞別《せんべつ》も渡してきた。

「リトン、今回のことはあなたにも原因があるわ。きちんと話し合いなさい」

「はい。マチルダ様」

ぼくは荷物を手に館を出た。フェイスを探すために。

☆　☆　☆

その日、フェイスは落ち葉を集めて寒さをしのいだ。

翌朝、寒さで目覚めた。朝もやが立ち込める森の道を、フェイスは歩いた。どこにいるのかわからなかったし、行く当てもなかったが、森の中にいたままではどうしようもない。

朝もやが落ち着く頃に、道を示す標識が見えた。フェイスでも読むことができた。リポンまでが十マイル、ウィンフィールドまでが六マイル。フェイスが行ったことがあるのはウィンフィールドで、そこは侯爵領ではなかった。フェイスはウィンフィールドへと向かった。

昼前にはウィンフィールドにたどり着いたが、もうふらふらだった。広場の外れの井戸で水を飲み、顔を洗ったところで、しゃがみ込んで立てなくなった。町には来たが、彼女は一文無しだった。どうしたらいいかわからない。

フェイスがぼんやりしていると、声をかけられた。

「フェイスじゃないか……」

見上げた先にいたのは、モアランドパークでよくしてくれたトレヴァーだった。フェイスは声もなく泣き崩れた。


トレヴァーの家は、ウィンフィールドから少し離れた荒地の中にあった。そこにたどり着くまでに、つっかえつっかえ事情を話した。トレヴァーは黙ってそれを聞いてくれた。

トレヴァーの家の周囲に人家はなく、荒涼とした広場にぽつんと建っていた。半分は診療所、半分はトレヴァーの自宅になっていて、フェイスは診療所のほうに通された。ひとごこちついたところで、トレヴァーは背中の傷と、蹴られたお腹をみてくれた。

「背中は痛かっただろう。火かき棒かなにかでたたかれたのかな」

「わかりません。背中だったから見えなくて」

処置がすべて終わって、うつぶせに寝てしばらくうとうとした。日も落ちて暗くなった頃に、トレヴァーが蜂蜜《はちみつ》を入れた温かい牛乳を持ってきてくれた。

「フェイス、大変な目に遭《あ》ったね。ここは侯爵領ではない。ゆっくりしていきなさい」

「ご迷惑をおかけして、すいません……」

フェイスは力なく座り込んだ。牛乳は温かく、体に染み渡るようだった。

「侯爵領のほうに行って少し様子をうかがってきたが、きみは指名手配犯のようだったよ。領内に触れが出ている。残念だが戻れそうにないな」

フェイスはうつむいた。

何がいけなかったのだろう。何を間違ってしまったのだろう。そもそも、彼と出会うべきではなかったのだろうか。そして、文字を知らず、本を読む喜びも知らず、ただ蒙昧《もうまい》に、何も知らずに言われるままに働くメイドであり続けるべきだったのか。

「……違うわ……」

フェイスは知ってしまった。本のページをめくり、描かれた物語を読む楽しみを。手紙を開き、したためられた言葉を読む嬉しさを。紙に文字を書き、自分の思いを綴る喜びを。文字とは縁のない空虚な人生の中に再び戻ることは考えられなかった。

ルシアン。すべては彼と出会ったから始まったことなのだ……。

「フェイス。私は、きみのような女性を何人も知っている」

トレヴァーは、フェイスに向かってささやいた。

「こういう仕事をしていると、いろんな人たちに出会うのだよ。だから、身分違いで恋に落ちる者たちを、私は何人も見てきている」

　フェイスは涙を拭いながらトレヴァーを見上げた。

「だが、幸せになった者を見たことがない。子どもを堕《お》ろし、傷ついて去る女性もいる。産んで貧困の中で身を崩していく女性も見た。囲われて、一時の幸せを得ても、最後は何も残らなかった女性もいる」

「……ええ。わかります」

　それは、幼い頃にずっと見てきた母の姿に重なった。

「私はきみをそんな女性の一人にしたくはない。今回のことはむしろ侯爵の慈悲だ。モアランドパークには戻れないだろうが、すべてをなかったことにして、他の土地でやり直すんだ。きみはまだ若いのだから。ここには二度と戻らないほうがいい」

　彼の言うとおりだった。それでも、モアランドパークを離れるのが悲しかった。ルシアンに二度と会えなくなることが辛くて仕方がなかった。

　トレヴァーは、フェイスの肩を優しく撫《な》でた。

「とにかく、今日はゆっくり休みなさい。しばらくここにいればいい。その間に、これからどうするか考えなさい」

　フェイスはすすり泣きながら、頷いた。

「痛くて眠れないようなら、この薬を飲んで。眠くなる薬だ。今必要なのは休養だよ」

　フェイスは、紙に包まれた薬を受け取ると、また寝台に横になった。確かに休むべきだった。今はあまりに疲れていた。

フェイスは一週間ほどトレヴァーの屋敷で世話になった。二日ほどはゆっくり休ませてもらったが、三日目からは、できることは手伝った。トレヴァーのところに通いで手伝いに来ている女性が、フェイスの洋服を洗濯し、繕ってくれた。また、かなり古いものだったが、彼女は木綿の服を一着譲ってくれた。着たきり雀《すずめ》で着替えもなかった彼女はありがたく受け取った。

ある日、トレヴァーの家の掃除を手伝っている時に、一冊の冊子が目についた。それはごわごわとぶ厚く、中には、侯爵家に関する新聞の切り抜きが貼りつけてあるようだった。文字のすべては読めなかったが、リトンという文字や、侯爵家の面々の写真はすぐにわかった。写りは悪いが、小さい頃のルシアンの写真もあるようだった。

どうしてこんな記事を集めたものを持っているのかしら。

フェイスが疑問に思っていると、トレヴァーが声をかけてきた。

「こらこら、人のものを勝手に見てはいけないよ」

「ご、ごめんなさい。これ、侯爵家のものですか」

「侯爵家の情報は、モアランド近郊に住んでる者にとっては重要なことだからね。大事なことはこうやってスクラップにしているんだよ」

そういうものだろうか、それにしてはルシアンの記事が多いような気がするな、とフェイスは思ったが、それ以上は聞けなかった。また、スクラップ、というものをその時初めて知ったフェイスだった。

それからもトレヴァーの世話になりながら、今後について考えた。トレヴァーの言葉はフェイスの心にずっしりと響いた。傷が癒《い》え、痛みが引いていっても、すべての衝撃はフェイスの心に残った。日が経《た》つにつれ、トレヴァーが言うように、モアランドパークから離れ、新しく仕事を探すのが正しいのだろう、という結論に至っていった。

何をするにせよ、必要なのはお金だった。トレヴァーは親切だったが、いつまでも世話になるわけにはいかない。よそに行くにせよ、当面の資金は必要だった。

五日目の昼に、フェイスはウィンフィールドに向かった。かつてお金を借りた金貸しの扉をくぐった。以前のように、カウンターの向こうに、金貸しのおじさんが座っていた。

「おや、これはいつぞやのお嬢さんだね」

「……お金を貸してほしいんです」

金貸しはメガネごしにフェイスを眺めた。以前ルシアンと揉《も》めたことがあったのも、全く気にしていないようだった。

「お嬢さん。モアランドパークでひと悶着《もんちゃく》あったと風の噂《うわさ》で聞いているよ。残念だが、返す当てのない人にはお金は貸せないんだよ」

「わかってます。これをお金に換えてもらえませんか」

フェイスは母の形見である銀のロケットを襟元から引っ張りだした。今となっては、フェイスの唯一の財産だった。

「ふむ」

金貸しは、フェイスのロケットをメガネごしに詳細に見た。

「よくて一ポンドだね」

「……わかりました」

必要な額よりもずいぶん少なかったが、仕方がない。フェイスが頷いたのを見て、金貸しは少しばかり気の毒そうな目線を送ってきた。

「これはお嬢さんにとって大事なものだろう。リトン様に少しは頼れないのかね」

フェイスが答えないのを見て、金貸しはため息をついた。金庫からクラウン銀貨を六枚取り出すと、フェイスに差し出した。一ポンド十シリング。

「半年、預かっていてあげるよ。それ以上は待てない。それまでに取り戻しにおいで」

「……ありがとう」

フェイスは大事なお金を懐に入れると、金貸し屋をあとにした。

フェイスはトレヴァーに今後について相談に乗ってもらい、仕事を探すならば、大きな都市がいいとアドバイスを受けた。また、トレヴァーは、わずかではあるがお金も渡してくれた。

七日目の朝に、礼を言ってトレヴァーの家をあとにした。少しでもお金を節約するために、歩いて鉄道駅のあるハロゲイトへと向かった。駅にはたどり着いたが、あいにくその日の列車はすべて終わってしまったので、フェイスは安宿に泊まった。女性の一人旅は危険だから、多少お金がかかっても必ず宿屋の個室に泊まるようにトレヴァーに言われていた。

部屋は狭苦しかったが、少なくとも清潔ではあった。洗面用の水をもらって顔を洗い、身体を拭いた。落ち着いたところで、扉の向こうで人の気配がした。何事かと思っていると、すごい勢いで扉が開いた。フェイスは驚いて扉の向こうに立っている人物を見た。

「……ルシアン」

彼はむっつりと黙ってフェイスを見下ろしていた。服装も髪も、まるで走ってきたばかりのように乱れていた。片手に古びたトランクを持っていた。それはフェイスのものだった。彼は狭い部屋に入り込むと、扉を閉めて、内側から鍵もかけた。

「……どうして、こんなところに」

「探したからだ、フェイス」

ルシアンはフェイスのトランクを床に置くと、じっとフェイスを見つめた。

「鍵をかけなくちゃダメだろう。個室をとる意味がない」

「……忘れてたわ」

「フェイス、きみはどうしてそんなに危なっかしいんだ？」

ルシアンはそう言うなりフェイスを抱きしめてきた。外気に触れて冷たくなった外套《がいとう》が頬に当たった。幻《まぼろし》ではなく、本物のルシアンだった。包み込まれて目を閉じると、身体が痺《しび》れるような歓喜が走った。彼のそばにいるだけで、どうしようもなく心が震えた。

ルシアンは、フェイスの荷物を運び出して持ってきてくれていた。トランクの中には、いくつかの着替えや下着といったもの、それから、辞書や以前マチルダから預かった日記が入っていた。着の身着のままだったフェイスにはどれもありがたかった。

「他は、持ちだす前に父に焼かれてしまった。すまない……。

これは、マチルダ様から。退職金代わりに、と」

受け取った包みには、十ポンドと、紹介状が入っていた。次の働き先を得るために、これほどありがたいものはなかった。

「それから、これを」

ルシアンが差し出してきたのは、フェイスが金貸しに預けた銀のロケットだった。

「いくらで取り返したの？」

「二ポンド」

「私が借りたのは一ポンド半なのに」

「きみの情報を得られたからいいんだ」

フェイスとルシアンは、安宿の寝台に座り込んでいた。ルシアンは明らかにやつれた様子だった。ここに来るまでの間に何があったのだろう。侯爵が黙ってルシアンを送り出すとも思えない。フェイスを探すのも簡単ではなかっただろう。

「……ルシアン。大変な思いをさせてしまったわ」

「……きみほどじゃない。けがは、大丈夫か？」

フェイスは頷いた。ルシアンの顔が危険なほど近づいてきたので、フェイスは立ち上がってそれをよけた。これ以上近づかれたら止まれないと思った。

「ルシアン、いろいろありがとう。でも、もう大丈夫。私は一人でなんとかするわ」

「フェイス、きみを放り出したりできない」

彼の言葉は静かだったが、ぶれることのない口調だった。

「きみはぼくのそばにいるんだ」

「それで……どうするの。私はもうあそこでは働けないわ」

「働かなくていい。ぼくと一緒になればいい」

そう言われて、フェイスは息が苦しくなった。

「一緒に……一緒にってどういうこと？　あなたと私は結婚できないわ。それとも、私のお母さんみたいに愛人になれってこと?」

「違う、そうじゃない!　ぼくはきみの父親とは違う。きみを放り出したりしないし、できるだけそばにいる」

「……無理よ」

「無理じゃない。なんとでもする」

「侯爵が……」

「父は関係がない。ぼくときみの問題だ」

ルシアンの言葉には、並々ならぬ決意があった。その言葉は、フェイスの胸を熱くさせた。揺るぎないルシアンの思いが、直接に伝わってきて苦しいほどだった。

だが同時に、それは怖ろしい予感ももたらした。侯爵はフェイスの存在を認めないだろう。そのフェイスと共にあるということは、侯爵とルシアンの仲が決定的に断裂することだ。そして、フェイスもまた失うのだ。ルシアンを疑うわけではない。今の、彼の思いは本物だろう。きっと、領地の隅に小さな家を与えて、時々は会いに来て、フェイスを愛するだろう。かつての母のように。見捨てられて死んでいった母のように。

ルシアンの言葉を妄信《もうしん》するには、フェイスは残酷《ざんこく》な現実を知りすぎていた。ルシアンに従うことができればどれだけ幸せだろう。追いかけてきてくれたことを素直に喜び、疑念をさし挟むこともなく、ルシアンの胸に飛び込むことができれば。

フェイスはポケットに手を入れた。そこには、トレヴァーにもらった薬があった。眠れない時に飲むように言われたもので、残りはもらっておいたのだ。

「……ルシアン。今夜はどうするの」

フェイスの言葉に、ルシアンはわずかに身じろぎした。

「泊まっていって」

ルシアンは、ふいをつかれたように目を見開いた。その意味するところを理解して、かすれた声で言った。

「でも、ここは……」

きっと、彼にとって、眠ったことのないような粗末な部屋なのだろう。

「下でご飯が食べられるの。それから、もう少し話しましょう」

二人は階下に下りた。そこはうらぶれた食堂で、店員に勧められるままに、食事を頼んだ。ルシアンが目を離した隙に、フェイスはエールに薬を入れた。薬はエールにあっさりと溶けて、しゅわしゅわと泡を立てた。ルシアンがそのエールを飲みきるのを見届けたが、どれくらいで薬が効くのかよくわからなかった。フェイスは罪悪感と緊張感に気もそぞろで、ろくに食べ物も喉《のど》を通らず、ルシアンの投げかけてくる言葉にも上《うわ》の空だった。そんなフェイスを見てか、ルシアンは早々に食事を切り上げた。また上階に戻ると、彼の存在感で狭い部屋の中がいっぱいになったような気がした。

「……急がないで」

ルシアンが肩に触れてきたので、フェイスはそっと離れた。ルシアンを寝台に座らせた時、少し彼がふらついたように見えた。フェイスは水さしからコップに水を注ぎ、ゆっくりとそれを飲んだ。振り向いた時には、彼は寝台の上で寝息を立てていた。

フェイスは急いでトランクに荷物を詰めた。

「ごめんなさい、ルシアン……」

フェイスは、ロケットを外すと、ネストテーブルの上に置いた。それから、三ポンドをマチルダからもらった退職金から出して、テーブルに載せておいた。

「ルシアン。好きよ。あなたがとても好き」

フェイスはそうささやいて、ルシアンに口づけをした。ルシアンが身じろぎしたような気がしたが、よくわからなかった。

そうして、宿から抜けだした。ふと冷たいものが顔に当たった。降り始めの雪だった。

フェイスは夜の闇《やみ》の中を走った。

一刻も早く。彼から離れるのだ。二度と彼と会わずにすむ場所へと。

第4章

一八九六年十一月十五日

フェイスは見つからない。彼女がどこに行ったのか、全く何の手がかりもなかった。

愚《おろ》かにも、彼女の安っぽい誘惑の手口にひっかかり、眠りこけてしまったぼくが気づいたのは、翌日の夕方だった。フェイスが宿を出たのは夜で、目撃者が全くいないし、時間が経《た》っていた。その上、フェイスがぼくの馬まで放してしまったので、聞き込みをするにも足がなかった。また、ハロゲイトは四方に街道が延びていた。どちらに向かったかがわからなければお手上げだった。

フェイス。きみはどこにいるんだ？　たった七ポンドの手持ちで何ができるんだ。父に殴られた傷は大丈夫だろうか。寒くはないか。どうか無事でいてくれ。

一八九六年十一月十七日

人を雇い、フェイスのゆくえについて少しでも調べるように手配した。一方で、ぼくはウィンフィールドのトレヴァー医師のもとに行った。トレヴァー医師は、モアランドパークを追い出されたフェイスを匿《かくま》っていたという。どこに行ったか、何かを知っているかもしれない。

「リーズかシェフィールドならば、何らかの職があるかもしれない、とは伝えましたよ」

トレヴァー医師はそう答えた。フェイスは、イングランドの地理をわかっているだろうか。当てずっぽうで仕事を探してどうなるものか……。

「リトン子爵、彼女を探す必要があるのですか」

トレヴァー医師は思慮深げに言った。

「私もフェイスと話したが、彼女は賢明にも分不相応なことは考えていない。見つけだしたとしても、あなた方に共通の未来はないのですよ」

どうすべきかはぼくにもまだわからなかった。しかし、あんな別れ方のままでは到底納得できなかった。共に歩む未来がないことはわかっていたとしても。

「あなたは母親に似ていますね」

トレヴァー医師は穏やかに言った。思いもよらぬ言葉だった。

「母を知っているんですか」

「結婚後は知らないが、結婚前のクレア・ハンプトンなら。有名な話です。彼女も馬丁《ばてい》に身分違いの恋をした。彼女の家は貴族ではなく成り上がりだが、そのために余計に身分にこだわった。それで結局別れさせられて、侯爵に嫁《とつ》いだわけですが」

トレヴァー医師はそう言ってため息をついた。

「その後、クレアが孤独の中で亡くなったことは、あなたのほうが詳しいでしょうね。あなたの母親の話だけではない。この仕事をしていると、様々な女性に出会う。社会の秩序に逆らうことは賢いことではない、というのが私の出した結論ですよ、リトン。あなたならいい侯爵になる。彼女のことは忘れてしかるべき地位の女性を娶《めと》るべきだ」

ぼくはトレヴァー医師のもとを辞去した。

わかっている。言われずとも、ぼくがしていることが理屈に合わないことだとは。だが、彼女を求める心はどうすればいい？　フェイス。どうしてきみはぼくのそばにいないんだ。

一八九七年三月三日

フェイスのゆくえは相変わらずわからない。この四カ月、ぼくはできうる限りヨークシャー地方中を巡り、フェイスを探したが、雪に道を阻まれ、捜索は全く進まなかった。

奇妙なことだが、フェイスを探しながら、なぜか思い出すのはぼくを捨てたはずの母のことだった。最後に会ったのは八歳の時だった。母はすでに半ば錯乱《さくらん》していたが、それでもぼくのことは理解してくれた。覚えているのは、会いに行ったぼくを、じっと見つめていた姿だ。寝乱れ、やせこけた姿、涙で顔を濡《ぬ》らしながら……。その次に母に会ったのは葬式だった。

ヘンリーが宿にやってきたのは、捜索の疲れも溜まり、カーライルで足止めされていた時だった。

「そろそろ気が済んだか」

とヘンリーは言った。

「気が済むとはどういう意味だ」

「フェイスのことだ。これだけ探しても見つからないのでは、諦《あきら》め時じゃないか。そもそもきみが彼女を探す必要があるのか？　マチルダ様からの退職金も、紹介状も渡した。確かに追い出された状況は異常だったかもしれないが、これ以上雇用主としてすることはないだろう？」

「ぼくはフェイスの雇用主じゃない。それだけの関係じゃない」

「そうだとしても、もし見つけだしたとして何をしたいんだ？　例の愛人計画は頓挫《とんざ》したんだろう。それに、あんなことがあった以上、侯爵領の近くに住むのは彼女にとってかえって辛いだろう。フェイスのことを思うなら、もう放っておくべきなんじゃないか。きみのやっていることは、ただの自己満足だ」

「きみの言うことは正論だ。けど、ぼくは後悔したくないんだ。母の時のように……」

ヘンリーが息をのむのがわかった。

「最後に会ったのが八歳の時、言葉も交わせなかった。その後は、祖母にも父にも会うなと言われた。ぼくはその通りにした。結局、それが最後になったんだ。二度と生きて会えなかった。だけど、ぼくは母ともっと話すべきじゃなかったのか？　どうしてぼくを捨てようとしたのか。でも、もう二度と会えないんだ」

「だが、きみはまだ子どもだった。きみ一人ではどうにもできなかっただろう」

「そうだな。だが今は違う。このまま、フェイスを失ったまま、後悔し続けることはしたくないんだ」

フェイス。たった一人、きみがいないだけで、押し寄せる苦しみがぼくを包む。ぼくが存在する意味すらわからない。それなのに、世界はいつもと同じように続いていく。そんなことは間違っている。だからこそぼくは彼女を探すしかない。見つけだして、この過《あやま》ちを正さなくてはいけない。

「どうしても、探しだしたいのか」

ぼくは頷《うなず》いた。やがてヘンリーは言った。

「……わかった。協力しよう。フェイスを探すのを」

ぼくはヘンリーの言葉を信じられない思いで聞いた。

「だが、このままではだめだ。こんな形で闇雲《やみくも》にフェイスを探していれば、身体《からだ》も壊すし、きみの地位の尊厳も危うい。きみはまず、侯爵と和解するんだ」

「しかし、父はぼくがフェイスを探すのを許さないだろう」

「そうだろうな……。だから、私とマチルダ様で協力する。社交シーズン中は侯爵に従ってロンドンに行くんだ。その間は、私たちでフェイスを探す。とにかく、ちゃんと義務を果たせ。義務を果たせば、それ以外の時には侯爵も自由を許すだろう」

ヘンリーの言うことは筋が通っていた。確かに、このままぼくが探し続けるだけでは、何の展望も見えなかった。

「フェイスに会わなければ、先に進めないんだろう……。きみは馬鹿《ばか》だよ」

ヘンリーは最後にそう言った。

一八九七年五月十五日

ロンドンでの日々は退屈そのものだ。連夜の舞踏会に、晩餐《ばんさん》会が続く。

しかし、父の信用を得るには、彼の望む宴《うたげ》に参加せざるをえなかった。

ぼくと父の和解は、ヘンリーと祖母の尽力で叶った。ぼくが父に面と向かって頭を下げるのをよしとしないのを、ヘンリーと祖母は理解していたのだろう。何を言ったか知らないが、あらかじめ話をつけた上で、ぼくと父を対面させた。父は余計なことは一切言わず、ぼくを迎え入れた。とりあえず、ぼくたちの和解は表面上それで成立した。しかし、以降はお互いにぎこちなく、また必要最低限の会話しか交わしていない。

ホワイトベルハウスにいるヘンリーは、ぼくに定期的に報告の手紙を送ってくれた。ヨークシャー地方はすべて調べ終わり、近隣の州にまで足を伸ばしているというが、フェイスの足取りはいっこうにつかめないという。

一つ、意外な知らせも届いた。エドワードの家庭教師をしていたミス・マナリングが、例の窃盗《せっとう》事件の犯人だったというのだ。出来心だったという。彼女が売りに出した品が、ファーナム侯爵家に伝わる宝物の一つだとわかったのだ。フェイスを殴りつけたのも彼女だった。ミス・マナリングは即刻解雇となった。刑務所送りになってもおかしくなかったが、彼女を家庭教師に推《お》していたプルーデンスと、エドワードは反対した。解雇ですんだのは父の温情だったのだろう。

ほとんど言葉も交わしたこともない女性だった。なぜそんなことをしたのか、ぼくは束の間思いを馳《は》せた。彼女は、男爵家の一人娘だったという。しかし、父だった男爵を早くに亡くし、爵位と財産のすべては又従兄弟《いとこ》に相続された。遺言がなければ、女性には一切の相続権はない。彼女に残された財産はなく、又従兄弟も彼女の面倒を見なかったため、社交界デビューも果たせなかったという。そのような女性の行く末は決して明るくはない。結婚できればそれが一番だが、社交界に出られないとなれば、結婚相手も探せない。そうなると、働き口はせいぜいが家庭教師か、上流階級の女性の付添人ぐらい。本当に困窮すれば身を売るしかない。家庭教師を解雇になった彼女の今後の人生は厳しいものとなるだろう。

今日もぼくは正装をし、舞踏会へと赴く。そこにはたくさんの独身の女性がいて、ぼくに呼びかけてくる。リトン子爵、と。以前はうんざりするばかりだったが、彼女らも裕福な男性と結婚できなければ、ミス・マナリングのようになるのかもしれない。蝶《ちょう》のように美しく着飾った女性たちが哀《かな》しく思えてならない。

これまではたいして気にもしなかった。しかし、呼びかけられるたびに、ぼくは自分が豊かな所領を持つファーナム侯爵の跡継ぎであると思い知らされるのだ。

一八九七年九月十三日

社交シーズンを終えて、ぼくはロンドンからヨークシャー地方へと戻った。だが、モアランドパークには行かず、ヘンリーのいるホワイトベルハウスに世話になることにした。ウィンフィールド近くのカウリングにフェイスの伯母《おば》が住んでいると聞き及び、ぼくはそちらへ向かった。もちろん、ヘンリーの雇った者が一度は訪ねているはずだったが、ぼく自身が確認したかったのだ。

カウリングには、幼い頃に父と訪れたことがあった。母が幽閉《ゆうへい》されたあと、初の父との外出だったように思う。二人で馬に乗っての外出は心躍《おど》るものだった。カウリングには、春先に羊を洗う川と刈った毛を保管する小屋がある。羊の放牧は五月から始まるが、その前に川で羊たちを洗い、それから毛を刈る。春もまだ浅い平野に数千匹の羊がひとかたまりになって大きな群れをつくり、よく訓練された番犬たちがその周囲を駆け回る。ぼくはその雄大な景色を前に、大いにはしゃいだ。父は、ぼくに言う。

「この地もここまで豊かさを取り戻した。リトン、おまえがここを引き継ぐのだ」

幼いぼくがすべてを理解したわけではないが、父がこよなくこの地を愛しているのは確かに伝わってきた。

フェイスの伯母の家は、カウリングの外れにあった。フェイスの伯母は、疲れた風情《ふぜい》の初老の女性だった。自家菜園でラズベリーの古い小枝の剪定《せんてい》を行っていたが、ぼくが名乗り、フェイスを探していることを告げると厳しい表情になった。

「放っておいてもらえませんか。フェイスは……あなた方貴族が与えられるものはなにも望んでいないと思います」

はっきりとした拒絶の言葉だった。だが、ぼくも引き下がるわけにはいかなかった。ぼくがしぶとく説得にあたると、フェイスの伯母はやがて折れて、家の中へと案内してくれた。家は、レンガ造りの平屋で、勾配《こうばい》のついた屋根がついていた。部屋はわずかに二つ、そのうち一つに通された。

「そのロケットは、フェイスから……？」

フェイスの伯母……ホープ・デイヴィスは、ぼくが身につけたロケットを見て言った。

「はい。最後に別れた時に預かったものです」

「……そうですか。あの子、子爵様のことを信用してたのね……。それは、もとはフェイスの母親、カリンのものです。中をご覧になりましたか」

ロケットの中は、片面は美しい七宝《しっぽう》焼きがはめ込まれていて、もう一方には文字が刻まれていた。我が最愛の半身に捧ぐ……。

「それはフェイスの父親が刻んだ文字だそうですよ。ここから少し東に行った先にあるお屋敷に、カリンは勤めていたんです。お屋敷の主《あるじ》はケネス・チェンバース様。よくある話ですが、カリンとケネス様は恋仲になったんですよ」

チェンバースの名は知っていた。称号は持たないが、近隣の地方郷士としてそれなりの敬意を払われる存在だ。

「カリンは、無学でしたが、純粋で、無垢《むく》で、輝くように美しい子でした。ケネス様に気に入られてからは、甘やかされて、大事にされて、本当に幸せそうでしたよ……。言葉遣いも、行儀作法も教え込まれて、まるで本物のお姫様みたいに着飾って。ケネス様の息子のマーク様が戻ってくるまででしたけど」

ホープはため息をついた。

「馬鹿なカリン。ケネス様と結婚できるって無邪気に信じ込んでいたんですよ。そんなわけないのに。結局お屋敷からは追い出されて、カウリングの外れの家をあてがわれたんです。二十五ポンドぽっちの年金をつけることを条件に。でもその時にはお腹《なか》にもうフェイスがいたんです。村の人は腫《は》れものを触るようにしかカリンに接しなかったし、ケネス様は、ついに一度もフェイスの顔を見に来ませんでした。でも、ケネス様が生きてる間はそれでもまだマシだったんですよ。

フェイスが八歳の時にケネス様が亡くなって、年金が止められたんです。そのことを知ったのは、結局カリンが亡くなったあとでしたが……。マーク様はカリンのこともフェイスのことも決して認めませんでした。稼ぐ手段のない女性が子どもを抱えて何ができるんですか？　私の家もこの通り貧しくて、カリンを助けたくても、できることはほとんどなくて。結局カリンは餓《が》死《し》同然の有様で亡くなりました。フェイスは死んだカリンのそばでうずくまっていましたよ……」

ホープはそう言うと目に浮かんだ涙をそっと払った。

「あの子、小さいでしょう。私が見つけた時には十歳とは思えないぐらい小さかったんですよ。食べるものもあまり食べてなかったんでしょうね。私が夫を説得してどうにか引き取ったあとも、あまり背は伸びなかったわ……。

あなたは、フェイスを同じ目に遭《あ》わせるつもりですか、子爵様。フェイスがあなたのもとから去ったのは、母親の死が意味することを十分にわかっていたからでしょう。フェイスを、放っておいてあげられませんか」

結局、ホープから聞きだせたのは、フェイスはこのカウリングとモアランド以外は外に出たことがないということぐらいだった。

帰路、ぼくはフェイスとその母親が暮らしたという家に立ち寄った。ホープの言うとおり、村の外れの、ほとんどの人の立ち寄らないような場所にぽつんと建っていた。人の住んでいないその家はほとんど廃墟《はいきょ》と化していた。

人形とばかり遊んでいたとフェイスは語っていた。仕事は大変だが、たくさんの人と会えて、金ももらえて、休みの日には、遊びに行けるのが嬉《うれ》しいと言っていた。

荒涼としたその眺めを見て、ぼくはフェイスが語っていたことの意味を、真に理解したような気がした。

一八九七年十一月七日

祖母の具合が一向によくならないとの知らせを受け、ぼくはヘンリーと共にモアランドパークへと久しぶりに足を運んだ。父と義母に形ばかりの挨拶《あいさつ》をし、ぼくは祖母の部屋に向かった。その日の祖母は小康状態で、だいぶ調子もいいようだった。

春と夏の間に、ヘンリーは人を使ってスコットランドへの調査を行ってくれた。結果としてはフェイスは見つからなかった。ぼくは冬の間に、コーンウォールと、ウェールズへと行くつもりだった。ヘンリーと祖母は、ぼくがわざわざ行かなくても、人をやればよいと言ったが、ぼくは行くつもりだった。これで見つからなかったら、植民地や大陸のほうにも手を伸ばすつもりだった。

話し終えたあと、祖母はぼくに部屋に残るように言った。祖母は口を重く開いた。

「リトン、あなたがフェイスを探したいのは、母親の……クレアの時のように会えないまま後悔したくないからだと言っていたわね」

「すべてではありませんが、それもあります」

「あなたに謝らないといけないわ。クレアはあなたを捨てた、とあなたは思い込んでいるようだけれど、本当は違うの」

「……どういうことです?」

「……あの日、クレアがモアランドを出て行こうとした日、彼女はあなたを連れていこうとしたのよ」

祖母は静かに語った。

その日、ぼくが五歳にすぎなかった頃、母はついに情事が明らかになり、父に追い詰められたのだという。母は、ぼくに会いに来た。貴族の間では、父母は子どもと共に過ごさず、日に一時間ほど会いに来る程度だ。その日もぼくは乳母と過ごしていた。だが、母は乳母が目を離した隙《すき》にぼくをさらい、外に連れ出した。母はぼくと馬車に乗り込み、すぐに出発をした。ぼくは母と馬車に乗って出かけられることが嬉しくてはしゃいでいたという。しかし、馬車は、追いかけてきた父によって、すぐに阻まれることになった。馬車は停車させられ、父は強引に車内の扉を開けて、ぼくと母を引き離してしまった。母は父に引きずり出され、そのままホワイトベルハウスに幽閉されたという。

「クレアがどこに行こうとしていたかはわからないわ。でも、他の何をおいても、あなただけは連れていこうとしたのよ」

思いもかけない話に、ぼくは身体が震えるのを感じた。今まで、ぼくは母に自分が捨てられたと思っていた。それは違うというのか。それでは、ぼくが今まで母に抱いていた思いは、見当違いだったというのか。

「なぜ、これまで黙っていたんですか」

「あなたが、それほど気にしているとは思わなかったのよ、リトン。彼女は不貞《ふてい》を働いた。私たちにとってはそちらのほうがより重要な問題だったの」

ぼくは息を吐いた。確かに母は許されない行為をしたに違いない。けれども。

「……ぼくは、何も知らなかったせいで、母を孤独の中で死に追いやったんだ……！」

それ以上祖母の部屋にいるのが耐えられず、ぼくは部屋を出た。言葉にできないやりきれない思いでいっぱいだった。ぼくは図書室に入り込むと、従僕にウイスキーを持ってこさせ、それをあおった。

酔いが思考を遮《さえぎ》り始めた時、エドワードがやってきた。弟に会うのは久しぶりだった。

「兄さん、フェイスを探してるんだね」

しばらく見ない間に、エドワードの面差《おもざ》しは大きく変わっていた。子どもっぽく、いつもイタズラを考えていたような表情は消えていた。フェイスがいなくなり、また長く家庭教師をしていたミス・マナリングが犯罪を犯して去ったことが、彼の中の何かを変えたのかもしれない。

「どうしてそう思う？」

「父さんも母さんも、兄さんが何をしてるかだいたいわかってる。でも、前みたいに飛び出してゆくえもわからないまま半年近くも戻ってこないのは困るから、見て見ぬふりをしてるっていうか」

すべてお見通しというわけだ。

「兄さん、諦めないでよ」

「エドワード……」

「フェイスのことを探しだしてよ。フェイスに会いたい。それから謝りたいんだ」

エドワードの、心からそのまま出てきたような言葉がなぜかぼくの心に刺さった。

そうだ。ぼくはフェイスに会いたい。結局、ぼくがフェイスを探している理由はそれだけなのだ。フェイスを求めている。彼女を愛している。……愛している。

一八九八年三月一日

ぼくがウェールズでの探索を始めて一カ月、雪のちらつくレクサムの宿に、ヘンリーからの知らせが届いた。

フェイスが見つかった。場所はアイルランド、ベルファスト近郊の街で住み込みのメイドとして働いているという。

アイルランド！　まさかフェイスがブリテン島を離れていたとは。

ぼくは手紙を読む手が震えるのを感じた。フェイスがいる。

フェイスに、会いに行けるのだ。

一八九八年三月二十九日

出発の日が来た。ぼくはフェイスに会いに行く。

ホワイトベルハウスを出て、リポンに向かい、列車に乗り込む。リーズで乗り換え、夕方には港町リバプールに着くはずだった。

祖母とヘンリーには前日に別れの挨拶をしていた。

「フェイスに会いに行くのね。……それで、どうするの」

「どうなるかわかりません。ただ、ぼくはフェイスに会わなければいけないんです」

フェイスに会う。これはぼく自身の望みだ。ぼくの、自分本位の願いなのだ。フェイスのためなどという美しいものではなく。そして、かつてヘンリーが看破したように、彼女に会わなければ、ぼくは一歩も先に進めないのだ。

「でも、もし、フェイスが受け入れてくれるなら……ぼくは時間が欲しい」

「時間？」

ヘンリーが聞き返した。

「一カ月でも、一週間でもいいんだ。フェイスと一緒にいられる時間が欲しい」

約一年半、フェイスを探しながらも、結局ぼくは自分がファーナム侯爵の跡継ぎ以外の何者でもない、ということを思い知った。声をかけるのが誰であれ、リトン子爵と呼ばれるたびに、父祖の偉業を背負うのだと言い聞かせられた気がした。今となってはそれは強固な呪いのようなもので、ぼく自身はもはやリトン子爵以外の何者でもあり得ない。

「結局、ぼくはモアランドからは離れられないんだ。何があっても戻ってくるのはここでしかない。……でも、そうであっても、フェイスを愛している。わずかな時間でいい。彼女と一緒にいられる時間が欲しい」

ぼくの言葉に、祖母はゆるやかな笑みを浮かべた。

「……そう。では、侯爵がロンドンにいる八月まで。それまでは私とヘンリーがあなたの不在を埋め合わせます。そこから先は、戻ってらっしゃい」

ぼくは、祖母とヘンリーに頭を下げた。

フェイス。今から会いに行く。アイルランドの生活の中で、もうぼくのことなど忘れてしまっただろうか？　逃げずに、ぼくと会ってほしい。できるならば、ぼくの腕の中に。

☆　☆　☆

アイルランドの春は、曇天《どんてん》とうす寒い空気に包まれて、いつやむともしれない雨の向こうから忍び足でやってくる。地味《ちみ》薄い大地がクローバーの緑に覆《おお》われ始め、比較的暖かな日に牛や羊たちの放牧が始まると、もうすぐ菜の花が咲き始めるのだ。

フェイスはアイルランドの北部、アルスター地方で過ごす二度目の春を迎えていた。勤務先はイングランド人の裕福な未亡人の住む館だった。

　ハロゲイトから逃げ出した晩、彼女は夜通し歩いてリーズに向かった。汽車の乗り方がよくわからなかったし、女一人で目立ちたくなかったので、港町リバプールへ向かうという一家と同行させてもらって切符を買い、汽車に乗った。同じようにしてリバプールから船に乗り、アイルランドの首都ダブリンへとたどり着いた。ヨークシャー地方から外に出たことがなかった彼女が、国外に出ることができたのは、不十分といえども字が読めたおかげだった。

　アイルランドの首都ダブリンには何日か滞在し、仕事を探したが、アイルランド独立の機運に乗じる過激派が活動を活発にしていたので、とても落ち着ける雰囲気ではなかった。そこで、さらに汽車を乗り継ぎ、イングランド人の多いというベルファストへとたどり着いた。イギリス産業革命の落とし子ともいえるベルファストは賑やかな街だったがそこでも落ち着くことができなかった。さらに移動を続け、クックスタウンでようやく働き口を見つけることができた。未亡人は元はイングランドに住んでいたが、夫の遺産であるアイルランドの荘園に居を構えたという。慣れ親しんだイングランド人のメイドを探していた未亡人にとって、フェイスの存在は渡りに船だった。マチルダの紹介状が役に立ったのは言うまでもない。

　アイルランドでの暮らしは、おおむね穏やかなものだった。大都市から離れた田舎では、過激派もほとんど見かけない。未亡人は外出も社交も少なく、家の周辺で庭づくりを楽しみながら暮らしていた。また、さほど大きくない館に主人一人、使用人五人は仕事量としては相当楽だった。

フェイスは夜になると読み書きの練習を続けた。添削してくれる人がいなくなったので、持ち込んだ小説を日ごと書き写した。わからない単語は辞書を引きながら。最初は内容が理解できないことが多かったが、豊かな物語は、一年も経つうちにフェイスに確かな文章力と読解力を与えてくれた。

未亡人は、ロンドンの社交界新聞をとっていた。フェイスは、未亡人が読み終えた新聞を読ませてもらった。ごく稀《まれ》に、ファーナム侯爵とその息子のリトン子爵の話題が載ることがあった。リトン子爵は、独身貴族の中でも裕福で、ロンドン社交界では未婚の令嬢たちに大変な人気だという。ファーナム侯爵と仲違いをしているという話題もないので、親子関係は回復したのだろう。フェイスは記事を見つけるたびにこっそりと切り取って、スクラップにした。

時にはルシアンへの手紙を書いた。出すあてはなかったが、手紙という形で自分の気持ちを文章にしたためるのは、悪いものではなかった。

その夜もフェイスはペンを手に取った。

親愛なるルシアン……。

霧のようにこまかな雨が降っていた。未亡人に頼まれて、フェイスは花の終わったヒヤシンスとプリムローズの枯れた花がら摘みを行っていた。こんな寒さでも春を告げるスモモの白い花が開いて、雨のしずくを滴《したた》らせている。

花壇の前にしゃがみ込んでいたフェイスは、花がらをエプロンに載せて立ち上がった。

「フェイス」

聞き覚えのある声が背後からして、フェイスはハッとした。振り返った先にいたのは、ウールの外套《がいとう》に身を包んだルシアンだった。

「……ルシアン？　どうしたの？」

あまりにも意外だったので、フェイスは馬鹿みたいにぽかんとして聞き返した。だってここはアイルランドで、ルシアンはイングランドにいるんじゃないの？　そうでしょう？

ルシアンは何も言わずにフェイスの腕をつかむと、ずんずんと歩きだした。エプロンに載せていた花がらが、ひらひらと地面に落ちた。彼の歩幅があまりに広く、歩く速度が速いので、フェイスは小走りになった。

「ねえ、ルシアン、待って、歩くのが速すぎるわ」

しかし、ルシアンは歩みを止めなかった。未亡人の屋敷の敷地の外に、箱馬車が停《と》まっていた。馬車にたどり着く頃には息があがっていた。ルシアンは馬車の扉を開けて、フェイスをその中に押し込めた。

「いいか、逃げるなよ」

ルシアンはそう言うと、馬車の扉を閉めて、鍵をかけてしまった。フェイスは心底驚いた。これでは逃げるもなにもない。

「ル、ルシアン」

フェイスは抗議の声を上げたが、彼はまた屋敷のほうへと行ってしまう。

何が何だかわからずに、フェイスは彼の後ろ姿を眺めた。どうして彼はここにいるのだろう。どうして自分の居場所を知っているの？　それにこんなことをするなんて、わけがわからない。

馬車の扉を触ってみたが、とても開きそうにない。馬車の外で、寒そうにしている御者《ぎょしゃ》がいるので、中から声をかけてみた。

「ねえ、これ、外してもらえない？」

「そんなことしたら、おれが叱られるよ」

若い御者はそう言いかえしてきた。

「ルシアンはどうしてここに来たの？」

「あんたを連れに来たんだろ？　一年半も探してたんだ」

それでは、ハロゲイトから逃げてから、ずっとフェイスのことを探していたというのだろうか。でも、ロンドンの社交界で華々しく活動しているのでは？　フェイスの頭の中には数々の疑問符が湧いていたが、馬車に閉じ込められたままでは何もわからない。

　ルシアンはいつまで経っても戻ってこなかった。雨で湿った服を着たまま寒い馬車の中で待ち続けるのは辛かった。いつの間にかうとうとして、眠りに落ちていた。

　ふと、周りが揺れているのを感じて目を覚ました。馬車が動いている。窓から見える空は、夕暮れを過ぎたような暗さだった。ルシアンが身体全体を抱いていた。外套越しでも彼の温かさが伝わってきた。

「……ルシアン」

「寒かっただろう？」

「大丈夫。でも、お屋敷に戻らないと……」

「事情を話した。もう戻らなくていい。きみの荷物も全部持ってきた」

　フェイスは啞然《あぜん》とした。どんな事情を話したというのだろう。

「きみを探しだすのに一年半かかった」

「どうして、私なんかを……」

「きみにそばにいてほしいからだ」

　たくさんの疑問があったが、その言葉を聞き、彼に抱かれている今は、もうすべてがどうでもいい気がした。身をすり寄せると、懐かしいルシアンの匂いがした。あまりに懐かしくて、それだけで涙がこぼれた。

馬車は夜道を何時間も走り、ベルファストの街にたどり着いた。街でもとりわけ立派なホテルの前に馬車は停まった。従業員は、粗末な服のフェイスを怪訝《けげん》そうに見てきたが、ルシアンは堂々とホテルの中に入り、フェイスを上階の部屋へとエスコートした。

部屋は、素晴らしい調度品で仕上げられた、しかしこぢんまりとしたものだった。彼はフェイスを中に案内した。すぐに、ポーターがフェイスのトランクを運び込んできた。ルシアンは、フェイスにゆっくり休むように言って、部屋を出て行った。鍵がしっかりかけられた音がした。以前フェイスが逃げたことから、相当用心しているようだった。

一人残されて、フェイスは寝台に横になった。ルシアン……。

☆　☆　☆

一八九八年四月二日
ついにフェイスに会えた。フェイスに！
約一年半ぶりに会うフェイスは、背も高くなっていなければ、太ってもいなかった。相変わらず小さいままで、輝くような美しさは増していた。こぼれる金の髪も、そばかすの散ったなめらかな肌も、水のように青い瞳も。表情はほんの少しだけ大人びていた。

彼女を目にしたとたん、ぼくは恐怖に襲われた。このまま消えてしまうのではないか。また前のようにいなくなってしまうのではないか。それでぼくは荒っぽく彼女を馬車の中に閉じ込めて、ようやく安心して次の行動に移せた。

ぼくは屋敷を訪問した。突然の訪問に、館の主である未亡人は驚いたようだったが、ぼくが名乗りを上げ、またフェイスを探していた事情をそれなりに都合よく脚色して伝えると、理解を示してくれた。フェイスはここでも熱心な働きぶりだったようで、彼女を連れていきたいと告げると、難色を示したが、最終的には同意してくれた。

ぼくは彼女の屋根裏部屋に行った。モアランドパークの部屋よりもまだ狭かったが、少ない荷物はきちんと整理されていた。ぼくは彼女の荷物をかき集めると、古いトランクに詰め込んだ。そして、狭い机の上に置かれた本と、書きかけの紙に気づいた。それから赤いリボンで結ばれた包みにも。辞書と本は、ぼくが彼女にあげたものだった。書きさしの紙は……手紙だった。

とても美しい字で、長々と書かれた文章を見て、最初それがフェイスが書いたものとは思わなかった。だが、内容を読んで、フェイスがその手紙を書いたことを確信した。


親愛なるルシアン。

今日のお知らせです。奥様の手伝いで庭の剪定を行いました。奥様は花がお好きで、庭をつくり、ご自分で手入れをされています。アイルランドはイングランドと異なり、木が少ないため、春になると、荒野が一面花畑のようになります。とても見事です。

昼間は仕事をしているので忘れていますが、夕方にシャクナゲや水仙が咲いているのを見ると、ヨークシャー地方が懐かしくなります。

でも、懐かしく思うのは、お花だけではなく、人が恋しくなるからです。そういう時に、マチルダ様や、エドワード様や、そしてあなたのことを思い出します。

離れて一年半になるでしょうか。最近は新聞でもあなたを見かけないので、気にかかります。お変わりないですか。お元気でいますか。あなたのことをいつも思ってしまいます。

またいずれ会える日を夢見て。

かしこ

ぼくはその文面を読んで胸にこみ上げてくるものを感じた。文字を読むことも書くこともできなかったフェイスが、ぼく宛《あて》に手紙を書いている。それも見事な文章だ。彼女はたった一人で本を読み、字を書く勉強を続けたのだろうか。

机の引き出しを開けると、たくさんの紙の束がしまい込んであった。次の引き出しにも。

どれも、ぼく宛のものだった。

届けるあてのない手紙を、彼女は書き続けていたのだ。……ぼくに。

震える手で手紙をすべてかき集め、机の上の本もすべてトランクに詰め込んだ。一刻も早くフェイスのもとに行かなければならなかった。

ぼくは館を辞去し、馬車へと向かった。フェイスは寒い馬車の中で眠りこんでいた。彼女の小さな身体を引き寄せると、ぬくもりが感じられた。現実のフェイスがここにいる、それがぼくの心を震わせた。フェイスはしばらくして目を覚ましたが、二、三言葉を交わしただけで黙り込んだ。彼女が身をすり寄せてくる、それだけですべてが通じているような気がした。

馬車は夜の底を走り抜けた。ホテルの部屋に彼女を連れていくと、ぼくは別の部屋をとった。これほど長く探し続けて、一瞬でも離れていたくはなかったが、これ以上彼女のそばにいては、自分でもどうにかしてしまいそうだった。

ぼくは部屋で彼女の手紙を読んだ。

一八九六年の十一月から始まる手紙は、どれもぼく宛だった。稚拙《ちせつ》だった字と文章が、時を経《へ》るごとに洗練されていくのがわかる。

最初は、ただ、移動した地点を書いたメモのようなものだった。ハロゲイトから港町リバプールへ。アイルランドの首都ダブリン、ベルファスト、そしてクックスタウン。ヨークシャー地方から出たこともない彼女にとっては信じられない移動距離だったろう。それから、働き先を見つけ、徐々に文章が美しくなっていく。他に勉強法のなかった彼女は、ぼくのあげた本を書き写していたらしい。絵本を読むのにさえ苦戦していた彼女が、あの難しい本を一冊書き写すのにどれだけ時間がかかったことだろう。それも、一日中働いたあとにだ……。フェイスの手紙はぼくに語りかけてきた。最初はただの日々の出来事の羅《ら》列《れつ》が、やがて、少しずつ彼女の心が文字の中に込められていく。

手紙の中に自分の名を見つけるたびに、魂《たましい》に呼びかけられている気がした。フェイスとわずかな時間を過ごした初夏の日々、声をかけられるたびに感じた優しい熱が、ゆっくりと蓄積されていったように。

手紙をすべて読み終える頃には、窓の向こうの空が薄く白み始めていた。

フェイス。これほど愛《いと》しい存在をぼくは知らない。フェイスを幸せにしたい。読みたいというなら、いくらでも本を読もう。あんなすり切れたドレスではなく、美しい絹のふわふわのドレスで身を包んでやりたい。美味《おい》しいものをたくさん食べてほしい。ぼくが与えられるのはそれぐらいだ。彼女が真に欲しがるものは何一つ与えられない。ぼくは身勝手な男だ。それでもフェイスのそばにいたいのだ。

☆　☆　☆

翌朝目覚めると、部屋の鍵は開いていた。身繕《みづくろ》いを済ませて、持っている中で一番ましな午前中の服を着て階下に下りた。ホテルの従業員は、フェイスを朝食場へと案内してくれた。天井が高く、窓の大きな明るい部屋に、テーブルがいくつか並んでいて、窓際の席にルシアンが座っていた。

フェイスがその席に座ると、窓の外を見ていたルシアンが顔をこちらに向けた。さっぱりした格好だったが、まるで徹夜でもしたような疲れた顔をしていた。

「やあ。ゆっくりできたかい」

「ええ。素敵な部屋を、ありがとう」

こうして向かい合わせで座るのは一年半ぶりだった。ルシアンは以前と変わらずハンサムだったが、いくらか表情に険が増えたような気がした。

「きみを探したんだ。一年半」

フェイスはルシアンが差し出してきたチョコレートの載った皿を見た。

「うまく姿を消したな。まさかアイルランドに来ているとは思わなかったよ……」

フェイスは黙ってルシアンを見つめた。

「きみを見つけたと三月に知らせが入った。それで、すぐにこちらに来たんだ」

ルシアンはそう言うと、懐《ふところ》から紙束を取り出した。フェイスははっとした。それはアイルランドに来てから書き綴《つづ》った手紙だった。

「フェイス……手紙をありがとう。昨日すべて目を通したよ。きみは完璧に字を書けるようになったんだな……」

「あなたに、読まれるとは思ってなかったのに」

「でもぼく宛だったからね。これはぼくのものだ」

ルシアンはそう言って手紙をまた懐にしまった。

「ルシアン……。探してくれてありがとう。でも、私は……」

「フェイス、きみの希望は……わかってる。ぼくはきみの望みを何も叶えられない。きみの望むような家庭を築くことはできない。故郷に戻ることもできなくしてしまった」

「ルシアン。私は……」

「だけど、フェイス。ぼくに少しだけでも時間をくれないか。きみと共にいられる時間を。ぼくの望みを叶えてくれる時間を」

「……ルシアン」

「四カ月。ぼくが自由にできる時間はそれだけだ。父がロンドンに行っている間、マチルダ様とヘンリーがぼくのいない間の領地を守ってくれる。その間だけでいいんだ。ぼくと一緒にいてくれ。そのあとはもうきみを追いかけることも会うこともないと約束する」

フェイスはルシアンを見つめた。彼と出会ってから、長い時間が過ぎたようにも、あっという間だったようにも思えた。彼と出会ってフェイスの運命は大きく変わった。彼と出会い、文字を知り、世界を広げ、愛することがもたらす喜びも、痛みも知った。それゆえに、逃げなければならなかった。彼女のすべてをかけて、振りきらなければならなかった。ここは、アイルランドは、彼女にとっては地の果てでも同義だった。けれどもルシアンは追いかけてきた。これ以上どこにも逃げようがない。逃げられないのであれば、すべてを受け止めるしかない。

テーブルに乗せられたルシアンの指に、フェイスは指を絡めた。

「ルシアン……あなたと……一緒にいるわ」

朝食をとってから、ルシアンはフェイスをともなって馬車に乗り、ベルファストの仕立屋へたどり着いた。フェイスが店の門構えを眺めていると、ルシアンは躊躇《ちゅうちょ》することなく扉を押して店内に入った。中には色とりどりの生地が並び、トルソーには仕立て上がった見事な服が飾ってあった。フランス語なまりの女店主が二人を出迎えてくれた。

「彼女に服を用意してくれ。必要なものは全部。それからすぐに着られるものも」

フェイスはあっけにとられてルシアンを見上げた。

「ルシアン、私、自分の服はちゃんと持ってるわ」

「フェイス、ぼくのためだ。きみにうんときれいな服を着てもらいたい。この世で一番きれいなきみを見たいんだ」

フェイスは一瞬尻込みした。けれども、細かいことは気にするのはやめにした。

仕立屋はフェイスの身体を採寸した。シルク、ウール、モスリン、ブロケード、サージ、ベルベット。触ったこともないような上等の生地と、色見本とスケッチを持ってきてくれた。こんな風に洋服のデザインを選ぶのは初めてで、とても楽しかった。最後に、出来合いの青いドレスを着せてもらった。試着室を出たフェイスを見て、ルシアンは眩《まぶ》しそうに目を細めた。

「すごくきれいだ。息が止まりそうだよ」

その後も、いくつもの店を回った。絹のストッキング、サテンのねまき、上等の綿のシュミーズ、レースのショール、柔らかい革の靴、羽で飾られた帽子。こんなに買い物をしたのは初めてで、一つ買うごとに、ルシアンは本当に嬉しそうな顔をした。

「ねえルシアン、あなた変よ」

「何が？」

「だって、買い物をしたらお財布が軽くなって哀しくなるはずなのに、にこにこしてるんだもの」

「ずっときみにこうしてあげたかったんだ。夢が叶えば笑うだろう」

「あら、まあ。私、そんなにみすぼらしかった？」

「最初に靴下に穴があきかけているのを見た時は、そう思ったかもね」

二人はくすくすと笑い合った。

夜になってホテルに戻った。前日の部屋とは違って、大きくてより素敵な部屋に荷物は移動されていた。買った品も次々と部屋に届けられた。

ホテルのレストランで素晴らしい食事をいただいた。その後、少し用事があるから、と言ってルシアンは一人でホテルを出て行った。

フェイスは一人で大きな部屋に戻った。部屋にある浴室で贅沢《ぜいたく》に湯を使ったあと、買ってもらったばかりのサテンのねまきを着て、化粧着を羽織った。

素晴らしい一日だった。買い物のあとは、手をつないで目抜き通りを歩き、ケーヴヒルからベルファストの街を見下ろした。ただそれだけなのに、心が満たされた。一年半ぶりのはずなのに、二人一緒にいるのはごく自然なことに思えた。

フェイスはトランクから本を取り出した。暖炉《だんろ》と電球とフロアランプの明かりの中で、座り心地のよい長椅子《いす》に丸くなってページをめくっていると、ルシアンが静かに部屋に入ってきた。外は雨が降っていたのか、髪の毛についた小さな雨粒がランプの明かりに白く輝いていた。

「もうきみは、本を読めるんだな」

ルシアンは言った。頰《ほお》に触れてきた手が、ひんやりと冷たかった。

「ええ。この本と、辞書をもらってよかった」

フェイスはそう言って、裏表紙を開いた。ルシアンの名前が書いてあった。美しい、絵画のようにバランスのとれた字。

「Lucian　Sherbrooke」

フェイスはその字を指でなぞった。

「最初に書けるようになった字は、あなたの名前だった。私の名前の中に、あなたの名前と同じ文字があって嬉しかったの」

フェイスは「a」と「i」の文字を指さした。ルシアンはフェイスの隣に座った。くつろげたシャツの首元に、フェイスが別れた時に置いていった銀のロケットが見えた。抱きすくめてきたルシアンからは、雨のにおいがした。アイルランドの雨。最果ての地の雨。

「……そうか」

「本当に、嬉しかったの」

どうしてか、涙がこぼれた。ルシアンは、その涙を優しいくちづけで舐《な》めとった。

「それが始まり？」

「ええ……きっと、たぶん」

「そうだな……始まりだ」

☆　☆　☆

一八九八年四月三日

このまま世界が終わってもいい。ぼくは幸せだ。

☆　☆　☆

それからの一週間、ベルファストには雨が降り続いた。雨の檻《おり》に閉じ込められて、フェイスとルシアンはホテルで過ごした。炉床の暖かさの前で、離れていた時を取り戻すように語り合った。買ってきた細々としたものを開いては、試しに身につけてみたりもしたし、ホテルで借りた本を朗読したりもした。その合間には、優しい睦《むつ》み合いと、悦《よろこ》びに満ちた情熱と、穏やかな抱擁《ほうよう》があった。

八日目の朝は久しぶりにすっきりと晴れ渡った。朝日の差し込むホテルでたっぷりとした朝食を食べたあと、ルシアンが言った。

「今日、ここを出よう」

「どこに行くの？」

「行けばわかるよ」

荷造りを済ませると午後にはホテルを出た。馬車に乗り、北東に向かった。

太陽が傾き始めた頃、ようやく馬車は止まった。ルシアンに手を引かれて馬車を降りると、そこは石垣に囲まれた敷地の前だった。広く、美しく手入れされた庭の向こうに、赤れんがにスレート葺《ぶ》きのこぢんまりとした屋敷があった。

「まあ。素敵ね」

「これからここに住むんだよ」

「でも……このお屋敷はどうしたの？　侯爵はこんなところにも地所があるの？」

「ここの持ち主がロンドンに行っているから借りたんだ。屋敷を閉じているよりは貸していたほうが向こうにも得だからね」

ルシアンは彼女を館へと導いた。館から出迎えてくれたのは黒いお仕着せの執事と、家政婦、それに三人の使用人たちだった。

屋敷は大きくはなかったが、居心地のいい佇《たたず》まいだった。一階の玄関ホールから左手には明るいサロンが続き、右手には食事室とキッチンが続いていた。玄関ホールから二階に上がる階段を上ると、寝室が並んでいた。

「すごいわ。夢みたい。ここは私たちのおうちなのね」

「夢じゃないよ、現実だ。グリーンハウスという名前だよ」

フェイスは笑いだした。

「ずっとね、自分の家があればいいと思ってたの。本当よ」

フェイスは嬉しくなってルシアンに抱きついた。

☆　☆　☆

一八九八年四月十日
手配していた家は素晴らしかった。
たとえ一時でもフェイスと過ごせるのだと思うと、天にも昇る気持ちだ。

☆　☆　☆

それから、二人は緑に囲まれた屋敷で暮らし始めた。

フェイスは今まで使用人だったのに、グリーンハウスでは人に世話をされる生活になった。最初慣れなかったが、世話をされるに任せることにした。ルシアンといる間は、これまでのことも、これからのことも何も考えず、今だけを楽しむべきだった。

まもなくベルファストで作った数々の衣装が届いた。美しい衣装は、田舎で必要なのかと思えたが、フェイスが着るたびにルシアンが満足げな顔をするのが嬉しかった。

折しも季節は、長い冬を終え、春の始まりを感じさせる頃だった。晴れた日が増え、日差しは日ごとに長くなり、草地の緑は色を濃くしていく。屋敷の周りには石垣で区切られた牧草地と、ヒースの茂る荒野が広がっていた。アイルランドの大地はヨークシャー地方と比しても概して地味薄かったが、近くに流れる川の周りは豊かな自然を保っていた。ナラ、ブナ、トネリコといった木々が生い茂り、緑のトンネルをなしていく。

これほどの愛、これほどの喜びがこの世にあることを、彼女は知らなかった。朝はルシアンのぬくもりの中で目覚め、まだ眠りの底にある彼を眺めることのできる贅沢を楽しみ、やがて笑い合いながら身支度をした。緑の庭を望む小さな朝食場では、いつも焼けたばかりのパンの香りに包まれた。その香りは、彼女に豊かな気持ちを与えてくれた。

そのあとは、二人で美しい庭を散策することもあったし、ルシアンと図書室で机に向かうこともあった。もはや彼女がルシアンに教わる文字はなかったが、図書室の中にある地図や、図鑑を眺めては、世界中を二人で旅する他愛もない夢を語った。

料理人のミスター・ファブルと共にお菓子を作ることもあった。フェイスがキッチンに現れたことにミスター・ファブルは驚いたようだった。しかし、彼女の慣れた動きに、様々なお菓子作りを手ほどきしてくれた。海藻《かいそう》を使ったムース作りや、瓶《びん》詰めにした桃やジャムを使ったクランブルやターツなど、どれも美味しく作ることができた。

お菓子ができれば、お茶も持ち込んで屋敷の外れの庭園で心地のよいひと時をルシアンと過ごした。彼と見つめ合い、触れ合い、身体の温かさを感じる時の、泣きたくなるような幸福の瞬間を、永遠に閉じ込めることができるならばと彼女は願った。それが叶わないとわかっていても、求めずにはいられなかった。

☆　☆　☆

一八九八年六月二日

このところ、毎日が夢のように過ぎてゆく。昨日は二人で川沿いの茂みに木の実を採りに行った。山ほどのラズベリーやさくらんぼを採り終えたあと、フェイスは汁で爪まで赤くしながら、ラズベリーコンポートを作り、チェリーパイを作り、いちごタルトを作った。ぼくたちはそれを二人で食べた。

フェイスと暮らしてわかるのは、彼女の生活力の高さだ。彼女は何でもできる。掃除も、鳥を捌《さば》くことも、繕い物も、洗濯も。もちろんここでは使用人たちが生活を支えるが、ふとした拍子に出る動きに感心させられる。メイドの仕事を続けてきたがゆえだろうが、彼女の働きを間近で目の前にすると、地に足のついた能力の高さに驚かされるのだ。

今日は一日雨が降っていた。

アイルランドの天気は気まぐれで、雨が続くと冬に戻ったように寒くなる日もある。今日はまさにそんな日で、ぼくたちは泥炭《でいたん》の燃える暖炉の前で本を読んで過ごした。グリーンハウスには素晴らしい図書室があった。ぼくが日記を書いていると、フェイスが興味深げにのぞき込んできた。

「何を書いてるの？」

「日記だよ。毎日何があったかを書くのさ」

「まあ。読んでみたいわ。何が書いてあるの？」

「それは難しいな。私的なことを書くものだからね。きみもそのうち書くといいよ。考えがまとまる」

「手紙と一緒ね。私もあなたに手紙を書きながら、考えがまとまったもの」

フェイスはそう言いながら本棚から本を一冊を取り出して、すらすらと読んだ。

「私は幸せな終わり方をする本が好きだわ。どうして悲しい終わり方をする本が多いのかしら」

「きみが持っていった本は？」

「苦労はするけど、最後は幸せになるの。だから、毎日書き写しても辛くなかった」

「じゃあ、ハッピーエンドの話を探してみよう」

ぼくたちは、図書室の中からハッピーエンドの本を探しだして机の上に並べた。引っ張りだしてみると山のようになった。

「探したらたくさんあるのね！」

「毎日読んでみようか。そうしたら毎日幸せな気分になれる」

「私たちがここにいる間に読みきれるかしら？」

「読みきらなくてもいいよ。幸せな話がいつまでも続くなら」

「……そうね」

ぼくたちは本を読む。

「楽の調べが恋の糧《かて》になるならば……」

☆　☆　☆

夏至《げし》の日が来た。その日、二人はグリーンハウスの敷地で過ごした。清々《すがすが》しく晴れた日で、通いの園丁《えんてい》が美しく整えた庭には夏の花が咲いていた。涼しい朝にあずまやに設《しつら》えた鋳鉄《ちゅうてつ》の机と椅子で美味しい朝食をお腹いっぱい食べた。羊たちと遊びながら、柔らかそうな草のあるところまで誘導し、草を食べさせている間に寝っ転がって雲の数を数え、形が変わっていくのを眺めた。気温の上がる午後には川岸へと散歩し、足を水につけて楽しんだ。子どものようにふざけ合って、水をかけたり木の枝を投げてみたりして追いかけっこをした。捕まってしまうのはいつもフェイスで、笑い声を上げる彼女をルシアンは腕の中に囲い込むのだった。そうして誰もいないブナの木陰で、二人は数えきれないくらいキスをした。夏至の一日は信じられないほど長く、夕食を食べ終わり、時計の針が九時をさしてもまだ空は青かった。

食事のあと、フェイスとルシアンは、庭園に出て散歩をした。西の空に傾いた太陽が雲の間に眩しく見えた。

フェイスが鋳鉄の椅子に座って眺めていると、ルシアンが後ろから抱きしめてきた。石垣で区切られた緑の平野の果てに雲がたなびき、赤い太陽はその間にゆらゆらと揺れながらゆっくりと沈んでいく。二人は抱き合いながら、それを眺めていた。

☆　☆　☆

一八九八年七月一日

ヘンリーから手紙が届いた。

☆　☆　☆

二人はそれからもグリーンハウスで過ごした。目覚めてから眠りにつくまで。ヒバリが朝を告げ、コマドリが夕暮れに鳴くまで。明けの明星が夜明けに消えて、月の光が庭を照らすまで。霧の立ちこめる朝も、晴れ上がる午前も、雨降る午後も、虹《にじ》の見える夕方も。緑と岩と羊と川と、移り変わる花々に囲まれて過ごした。

それと気づかぬうちに夜が少し長くなった頃、ルシアンのもとに頻繁《ひんぱん》に手紙が届くようになった。差出人の多くはヘンリーで、時々エドワードの名前もあった。

「なんて書いてあるの？」

「マチルダ様の具合がよくないらしい」

「そう……」

二人は無言でその手紙を読んだ。ルシアンがモアランドパークを出た頃から、マチルダは床からほとんど離れられなくなったという。マチルダの具合の悪さはロンドンにも伝わり、そろそろ侯爵も屋敷に帰ることを検討しているらしい。

その意味するところは明白だった。

「……ルシアン。そろそろ戻らないといけないのね」

「まだ、ここにいる。フェイス……」

二人は強く抱き合った。

溶鉱炉《ようこうろ》に投げ込まれた鉄片のように、一つに溶け合ってしまえればいい。冷えて固まり、一つになって、離れられないように。フェイスは願い、ルシアンもきっと望んだろう。フェイスはルシアンのすべてを感じながら、祈った。この時が永遠に続くようにと。

しかし、やってきた朝は、願いが決して届かないことをフェイスに静かに告げた。しのつく雨が館を覆う音がして、朝の日の光も部屋には及ばなかった。

フェイスはルシアンが眠る寝台から滑り降りると、化粧着を羽織って窓辺へ向かった。分厚いカーテンをめくると、流れ落ちる雨が窓一面を滑っていくのが見えた。窓の向こうの緑は雨ににじんでよく見えない。

ルシアンが寝台から起きだしてくる気配がした。ルシアンは、フェイスを抱きしめてくれた。

「ルシアン、あなたはモアランドは好き?」

「……もちろん。いろいろあったところだけど、ぼくの故郷だ」

「侯爵様や、エドワード様や、義理のお母様や……ご家族も好きよね」

ルシアンはフェイスの問いの意図を見極めようとするように一瞬黙ったが、やがて答えた。

「もちろんだよ。家族は家族だ。多少仲が悪くても」

「……私のことは好き?」

「この世の何よりも愛してるよ」

ルシアンは何の躊躇もなく答えた。フェイスはその言葉を聞いて、体中が温かくなるのを感じた。

「ルシアン……愛してるわ。私も」


それからの日々は駆け足のように過ぎ去っていった。ルシアンは、八月にモアランドパークに戻ることになった。その先のことは何も話さなかったが、二人が一緒にいられるのはそれまでだということはよくわかっていた。二人はごくわずかな時をのぞいて、片時も離れずに過ごした。別れの日まで十日になり、五日になり、時は過ぎていく。最後の三日をどう過ごしたか、フェイスは覚えていない。今ここにあるかけがえのない幸せを感じ、もうすぐ訪れる別れの予感に怯《おび》えながら時を過ごした。心地よく響くルシアンの声、触れた時に感じる肌の温かさと、石けんと森の匂い、こちらを一心に見つめてくる灰色の瞳。その一瞬一瞬を心に刻みつけたはずなのに、気がつくとすべてが混然一体となっている。その思いには時間の流れもない。ただルシアンと共にあるという幸福感だけがあった。その瞬間が満たされれば満たされるほど、彼のいないそのあとのことが思われて、彼女は時々泣いた。すると、ルシアンは彼女を抱きすくめてくれて、耳元で愛をささやくのだった。その時に考えたのは、なぜか母のことだった。

お母さんも、こんな風にお父さんと過ごしたのかしら。こんな幸せな時間を過ごしたのかしら……。

☆　☆　☆

一八九八年八月九日

別れの日が来た。

この日を境に、ぼくはフェイスのいない人生を歩む。

もしかしたら、何年か、何十年か先に、フェイスがヨークシャー地方に戻った時に、すれ違うことがあるかもしれない。だが、もしそうだとしても、ぼくたちのこの関係に戻ることはないだろう。ぼくは生まれながらにして死に至るまでリトン子爵であり、いずれファーナム侯爵になるのだから。ぼくとフェイスのこの四カ月間を、人はどのように表現するだろうか。……恋人なのか、愛人なのか、あるいは単なる夫婦の真似事なのか……何とでも言えるだろうが、それでも、ぼくたちは愛し合って日々を過ごした。純粋な愛を、混じりけのない心の触れ合いを、ぼくをかたち作る魂の片割れと。

☆　☆　☆

別れの日の朝は、夏の日差しがさわやかだった。従僕がルシアンの荷物を馬車へと積みこんでいくのをフェイスは見ていた。このまま、馬車はベルファストへ向かい、船に乗ってイングランドへ戻っていくのだ。そして二人は二度と会うことはない。

二人はいつものように、たっぷりの朝食を食べた。そのあとで、お弁当をフェイスは作った。道中でルシアンが食べられるように。彼がひもじい思いをしないように。

「ここでお別れするわ」

ここから一歩でも動けばもう二度と離れられないような気がした。

「フェイス」

「ルシアン、私を追いかけてきてくれて、ありがとう。どうか、幸せになって。侯爵様とも仲良くして、素敵な奥さんを見つけて、ちゃんと跡取りをつくってね」

「……フェイス。たとえ結婚することがあっても、ぼくはきみよりも愛する人を見つけることはないだろう」

フェイスは胸が詰まった。

「……だめよ、そんなのは……。忘れない。あなたと一緒に過ごしたことは。私にとって、そしてきっとあなたにとっても、こんなに幸せに過ごせることはもうないから。でも、だからここで、私たちはおしまいにしなくちゃいけないんだわ」

フェイスはルシアンを見つめた。さあ、言うの。とっておきの、嘘《うそ》を。

「あなたがいなくなってから、きっと私はまた働くと思う。それから、どこかで誰かと知り合って、結婚して、子どもを産むの。家を建てて、きっと、夢を叶えるわ。だから、あなたも私に負けないで幸せになって。きちんとした身分の人と結婚して、大事にしないといけないわ。私は時々新聞を読んで、あなたがどうなったか知ることができるから。リトン子爵がどれだけ幸せになれたか、きちんとチェックするから」

二人は、最後に抱き合って、それから離れた。

ルシアンは馬車に乗り、フェイスはそれを見送った。馬車はゆっくりと走りだし、グリーンハウスの庭を走り去っていく。

愛してる。今この瞬間も。この先も、永遠に。

馬車が見えなくなるまで見送ってから、フェイスはその場にしゃがみ込んでしくしくと泣いた。これでよかったのだ、と繰り返しつぶやいた。母のようにならないためには、これでよかったのだ、と。

第5章

ルシアンを見送ってからも、フェイスはしばらくグリーンハウスで過ごした。

ルシアンは、グリーンハウスを一年は借りているから、それまでは暮らしていてもいいと申し出てくれた。しかし、そこまで世話になるつもりはなかった。

だが、すぐには動けなかった。フェイスは寝込んで、一日の大半を寝台の上でうとうとして過ごした。生まれてこの方、働いてばかりだったが、この時ばかりは起き上がることはできなかった。別れる時に告げた言葉に後悔はないが、それでもルシアンがもういないという喪失《そうしつ》感は彼女を苛《さいな》んだ。目が覚めると、部屋のそこかしこに、ルシアンの気配が残っている気がした。どこを見てもルシアンの思い出ばかりだった。

しばらくして、執事が届けてくれる新聞から、マチルダが亡くなったことを知った。彼女は一人静かにマチルダの冥福《めいふく》を祈った。

昼間も起きていられるようになると、少しずつ先に向けてどうするべきか考え始めた。ここを出て、新たな働き先を見つける。ルシアンは、立派な紹介状も用意してくれていたので、就職に困ることもないだろう。故郷には戻れないが、別の場所を探せばいい。都会はあまり肌に合わないが、職を求めるならロンドンに行くのもいいかもしれない。あるいはいっそのことスコットランドも悪くはないだろう……。

秋が近づく中、ある日フェイスは早朝に目覚めた。外を見ようと分厚いカーテンをめくると、まだ薄暗い東雲《しののめ》の空が見えた。足元も暗く、窓際に置かれたトランクが足にぶつかって、中身が広がった。中にはフェイスがモアランドパークから持ってきた本が入っていた。辞書と、ルシアンからもらった小説と、それからマチルダから預かった日記。日記は、もともとはリボンで結び、紙に包まれて封蠟《ふうろう》が施されていた。しかし度重なる移動でリボンはほどけ、すでに外装は破れていた。日記は床に落ちてぱたりと開いていた。おそらく以前の持ち主が何度もそのページを開いたのだろう、背表紙が割れ、自然とそのページが開くようになっていた。フェイスは、日記に手を伸ばした。日記には、美しい流れるような字が綴《つづ》られていた。

……愛《いと》しいあなた。あなたの息子を一度でも抱いてもらいたい。それが不可能であることはわかっていても、願わずにいられないのです。愛するあなたと共に、ルシアンを……

読むつもりはなかったが、ルシアンの名前を見た瞬間に、目が引きつけられた。

フェイスは日付を見た。一八七三年四月三日。今から二十五年前のものだ。ルシアンの年齢とも重なる。では、これはマチルダが書いたのだろうか。しかし内容が……。

フェイスは思わずページをめくった。日記の始まりは一八七〇年一月一日だった。毎日記されているわけではなく、印象的なことがあった日に書いているらしい。内容から察するに、筆者は若い女性だった。それも裕福な。裏表紙を見た。名前が記してあった。クレア・ハンプトン。

一八七一年九月八日。クレアは狐《きつね》狩りの日に馬丁《ばてい》のルーカス・マッケイと知り合う。そこから先は、クレアが馬丁のルーカスと恋に落ちていく様が綴られていた。厳格な親のもとで育ったクレアが、ルーカスの向ける素朴《そぼく》な愛情に、あっという間に取り込まれていくのが手に取るようにわかった。当然のように、二人は結ばれていく。そして……。

一八七二年五月十九日

……恐ろしい日々のことは、到底言葉で表せるものではありません。でも、私は記さなければならないのです。さもなくば、私たちの破滅がなかったものにされてしまうでしょう。

あの日の午後、私とルーカスはいつもの狩猟《しゆりよう》小屋で共に過ごしていました。彼とのひと時は、いつでも私に安らぎをもたらしてくれましたが、その日も例外ではありませんでした。私たちが居心地よく設《しつら》えた小屋で話し合っていると、突然扉がこじ開けられ、父と使用人たちが入ってきたのです。彼らはルーカスをひどく打ち据えました。私は彼をかばおうとしましたが、それも叶わず、小屋から担《かつ》ぎ出されてしまいました。

ルーカスを見たのは、それが最後です。

私は屋敷の自分の部屋に閉じ込められ、父に容赦《ようしゃ》のない言葉を浴びせられました。それでも私はルーカスの無事を父に尋《たず》ねました。打ち据えられていた彼のことが心配でならなかったのです。父の答えは残酷《ざんこく》なものでした。

治安判事につてのある父は、ルーカスにいかなる罪状も与え、ニューゲート監獄《かんごく》に永遠に閉じ込めることもできるというのです。ただし、私が彼と二度と会わず、また今後父の言うとおりにするというならば、ここを追い出すだけで済ませるというのでした。私は、父が言ったことは必ず成し遂げる人間であることを知っています。それゆえに、何の身分もない一介の商人であったにもかかわらず、一代で財を築き上げることができたのですから。私はただ頷《うなず》くことしかできません。ルーカスを守るにはそれしかなかったのです。

私は、部屋に閉じ込められたまま、何日も過ごさなければなりませんでした。ただひたすらにルーカスの無事を祈って過ごしました。

次に父が私のところに訪れた時は、満面の笑みをたたえていました。父は私に告げたのです。ルーカスを国外の働き口にやったことを。そして、私の縁談が決まったことを。私の結婚相手はファーナム侯爵。イングランドでも指折りの名家でありながら、借金を抱えて苦しんでいる貴族。成り上がりである父は、たんまりと持参金をつけた私をファーナム侯爵に売りつけ、代わりに上流社会と、議会への口利きを頼んだのです……。

ファーナム侯爵。その名を見て、フェイスは身体《からだ》が震えた。それでもページをめくる手を止めることができなかった。

ファーナム侯爵とクレア・ハンプトンは可及的速やかに結婚を果たした。しかし、その時点でクレアはルーカスの子を身ごもっていた。そして生まれたのが……。

「……ルシアン……」

フェイスはつぶやいて、悪寒が走るのを感じた。

それでは、ルシアンはファーナム侯爵の実子ではないということなのだろうか？　クレアと、馬丁のルーカス・マッケイの間にできたという不義の子だと。

日記はさらに続いた。貴族の子育ては乳母と家庭教師による。ルシアンはただちにクレアのもとから取り上げられた。クレアはできるだけルシアンを手元に置きたがったが、マチルダもファーナム侯爵もそれを認めなかった。ルシアンと会えるのは一日にせいぜい一時間、ルーカスのゆくえは知れぬまま、ファーナム侯爵との仲は悪化し、クレアの心が次第に蝕《むしば》まれていくのが日記からもうかがえた。頼りにしていた父もまもなく亡くなり、あまり仲のよくない長兄が家督を継ぐと、実家からの連絡も途絶えた。その頃にはファーナム侯爵は事業を成功させ、クレアの実家の支援も必要としなくなっていた。孤独を深めた彼女は、心の隙間《すきま》を埋めるように慈善事業を通じて知り合った男性と、密通を繰り返すようになる。貴族の配偶者が、愛人を作るのは、ままあることだ。けれどもクレアは度が過ぎた。密通は余人に知れ渡ることになり、侯爵は彼女をホワイトベルハウスに閉じ込めた。ルシアンはマチルダが全面的に面倒をみることになる。

日記の後半は、目も当てられない言葉が書き散らされていた。その言葉は、二度と彼女の前に現れなかったルーカス・マッケイにも、息子のルシアンにも向けられていた。一八八二年十月三十一日が最後の日付だった。シャーブルック家に災《わざわ》いあれ。ハンプトン家に呪いあれ。あらゆる災厄《さいやく》が世に満ちるように。いずれ私の言葉は現実のものとなろう。

その後ろは白紙だった。最後までページをめくると、一枚の紙が挟んであった。

フェイスへ。

この手紙を読んでいるならば、あなたが字を読めるようになったということでしょう。そして、この日記に目を通したのでしょう。

私はクレアからルシアンを奪うという過《あやま》ちを犯しました。それに対し、クレアは死に臨《のぞ》み、この日記を私に送りつけるという形で復讐《ふくしゅう》をしてきたのです。ルシアンの破滅をもたらすこの日記を。

今でも私はルシアンが次代のファーナム侯爵にふさわしいと信じています。

しかし、年を重ねるにつれ、秘密を抱えていることが辛く感じられるのです。

フェイス。あなたが忠実であることを私は疑いません。もしもあなたが字を読めなかったとしても、私の最初の約束のように、この本を誰かに見せることもなく、大切に持ち続けてくれると信じています。そして、もしも字を読めるようになり、この本の持つ意味を理解できるのならば……これをどうするかは、あなたにその判断を委《ゆだ》ねたいと思います。あなたは誰よりもルシアンを愛しているでしょうから。

マチルダ・B・シャーブルック

フェイスは窓際の椅子《いす》に座った。その日記は、フェイスが持つには重すぎた。フェイスは震える手でトランクの中に日記をしまった。

フェイスは窓の向こうの霧に包まれる緑へと目をやった。どうすべきなのか、彼女には、全くわからなかった。

それからの日々、フェイスは日記を読み返して過ごした。

これが世に明らかになれば、ルシアンは、すべてを失う。シャーブルックの名前も。爵位も、相続するべき土地も、財産も、家族さえも。そして、不義の子という不名誉な烙印《らくいん》を押されるのだ。婚外子が受ける差別は、フェイス自身がよく知っている。ルシアンをそんな目に遭《あ》わせるべきではない。この日記は、決して世に出てはならないものだ。

マチルダはどういう気持ちでいたのだろう。マチルダの手紙が本当で、この日記に書かれたことが事実であるならば、マチルダとルシアンには一滴の血のつながりもない。にもかかわらず、ルシアンを一族の相続人として認め、後見し、十五年以上も恐ろしい事実をずっと隠し続けたのだ。それほどルシアンを愛していたのだろう。だが、それならばなぜこの日記を焼き払ってしまわなかったのか。あるいは、マチルダの言うように、クレアに対する罪悪感からだろうか。

フェイスに容易に答えが出せる問題ではなかった。ともあれ、マチルダは長年背負った秘密と、責任とに耐えかね、そして最後にフェイスに託したのだ。

その日記は愛を綴ったものであり、一人の女性の破滅への道のりが記されていた。フェイスは読みながら感じた。この日記を書いた、ルシアンの母の気持ちを。決して届かない思いを日記に綴るその気持ちを。そして、やがて孤独の中で狂気に落ちていく女性の悲しさを。もしも燃やしてしまえば、ルシアンの秘密は守れるだろうが、この哀れな女性の悲しみもすべて消えてしまうのだ。

フェイスが思い悩む日々を過ごしていたある日、思いがけない手紙が届いた。それはエドワードからのものだった。

手紙には、ルシアンから事の経緯をすべて聞いたこと、マチルダが亡くなった時の状況などが書かれていた。その上で、もしも叶うなら、一度ヨークシャーに戻ってきて、自分と会ってくれないか、と綴られていた。ファーナム侯爵は相変わらずフェイスをよくは思っていないが、留守の日を狙い、ホワイトベルハウスに滞在すれば、フェイスが来ることは可能だという。ヘンリーも協力してくれるらしい。最後の別れがあまりに突然だったので、せめてもう一度会って話したい、とエドワードは望んでいるのだった。

エドワードの手紙を読み、フェイスは思いがけず日記をどうすべきかが明らかになった気がした。

この日記は元のところに戻すべきだ。ルシアンの母のもとへと。

ホワイトベルハウス。今はヘンリーが住むあの館、フェイスとルシアンが幸せな短い時を過ごしたあの地。同時に、そこはルシアンの母が絶望の中で亡くなった場所でもあったのだ。あそこに戻すべきだ。それに、たとえ見つかることがあったとしても、館の主《あるじ》がヘンリーであれば、決して間違った判断はしないはずだ。

マチルダが亡くなった今、もはや秘密を知るものはフェイスしかいない。フェイスはこの事実を誰にも伝えるつもりはなかったし、であれば、安全な、誰にも知られない場所に戻すべきだろう。この日記をきちんとあるべき場所に戻して、ようやくルシアンとのことにすべて区切りがつくような気がした。

フェイスはエドワードに手紙を書いた。

エドワードの申し出の通り、是非《ぜひ》もう一度、ヨークシャーに戻りたいこと、また、マチルダへの墓参りもできれば伺《うかが》いたいことを願いでた。ただし、ルシアンには何も伝えないでほしい、と追記して。ルシアンに一目でも会えば、心が揺らいでしまうのはわかっていた。

二週間ののち、エドワードからの返事が届いた。

エドワードは、フェイスからの便りを喜んでくれた。エドワードとフェイスは何度か手紙をやりとりし、日付を決めて、モアランドの手前、ウィンフィールドの宿で落ち合うことになった。ただし、エドワードの寄宿学校を休む日程と、侯爵がモアランドパークを留守にする日の都合が合わず、滞在中は主にヘンリーがフェイスの世話をすることになった。エドワードとは最終日には会えるという。後半は、ヘンリーとの手紙のやりとりも行った。エドワードは十分な旅費を送ってくれた上、ルシアンには何も伝えないことも約束してくれた。

フェイスは出発に向けて身辺の整理を始めた。

ルシアンに買ってもらった洋服や装飾品のほとんどは売りに出した。すべてを持っていくことはできなかったし、今後の生活には着る機会のないようなものばかりだったからだ。売り払ったお金は、使用人たちに分け与えた。どれも本来彼女のものではなかった。それに、ルシアンが去り、フェイスがほとんど寝込んでいた時も変わらずに世話をしてくれたことへの感謝のつもりだった。最終的に、今後も役に立ちそうな実用的な何着かの服と、上等な下着類と、丈夫な靴が残った。

身辺の整理がほぼ片づいたのは、雨の日が少しずつ増え、空気に冬の気配が混じりはじめる十一月のことだった。

☆　☆　☆

一八九八年十一月十日

今もペンを持つ手が震えてならない。この数日間に、あまりに多くのことが起きた。未だにぼく自身の混乱が治まらない。こうやって文章に綴ることで、少しでも思考がまとまればいいのだが。

あれは、十一月三日のことだ。ヘンリーがぼくに告げた。フェイスが四日後にホワイトベルハウスにやってくると。

フェイスと別れてから、モアランドパークに戻ったぼくは、祖母を見送り、以降は粛々《しゅくしゅく》と日々を過ごしていた。父がぼくの姿に安堵《あんど》しているのは気配で感じられた。

夏の残骸《ざんがい》が過ぎ去り、秋が冷徹な空気と共にやってきても、ぼくの心はフェイスのもとにとどめ置かれ、癒《い》えることのない痛みが常に胸を貫いていた。むしろ日々こなすべき雑務の数々はぼくの救いだった。こうして日々をこなすことで、いずれは父の、あるいはフェイスの望むように、先を見ることができるのかもしれない。

そのように日々が過ぎていく中で、ヘンリーの言葉はあまりにも衝撃的だった。

「フェイスはきみと会うことを望んではいない。きみに伝えるべきか悩んだが……」

フェイスが来る。彼女とは直接会えない。話せない。それでも彼女がここに来るのだ。

それからの四日間は、どう過ごしたかあまり覚えていないが、会えないにせよ、彼女に楽しんで過ごしてもらいたいという気持ちが募った。ぼくは彼女が好きなお菓子をあれこれ手配して、ヘンリーに託した。用意した量が多かったので、ヘンリーは苦笑いしていたが、快《こころよ》く引き受けてくれた。

☆　☆　☆

フェイスはトランク二つに全財産と身の回りのものをまとめ、使用人たちに別れを告げて、館を去った。皆は名残惜しくフェイスを見送ってくれた。

ベルファストの港から定期便に乗った。マン島を経由してリバプールにたどり着く。港町は相変わらず騒々しく、女一人が宿を取っても幸いそれほど目立たなかった。

翌日には切符を買って鉄道に乗った。シェフィールドを経由してリーズにたどり着き、フェイスはそこで一泊した。リーズからまた鉄道に乗りリポンで降りた。リポンではヘンリーに電報を打ち、まもなく到着することを告げた。電報を打ったあとに定期馬車に乗り、夕方にはウィンフィールドにたどり着いた。

二年ぶりに訪れるウィンフィールドは相変わらずのんびりした佇《たたず》まいだった。ヘンリーに指定された宿でフェイスはその晩を過ごした。

翌日、二頭立ての箱馬車がフェイスを迎えに来た。一時間ほど馬車に揺られて、フェイスはホワイトベルハウスに着いた。馬車が裏口に停《と》められて降りると、目立たない使用人向けの出入り口から館の中に入った。半地下の廊下を通り過ぎて使用人ホールにたどり着く。建物の中は記憶と変わらずどこも懐かしくて、それが不思議な気がした。二年も経《た》っているのに、同じ佇まいをしている。このホールでルシアンと待ち合わせて、文字を学んだのは、もう二年も前……。

フェイスが大きなテーブルの前に佇んでいると、遠くから複数の足音がした。

「フェイス！　よく来てくれたね！」

ヘンリーが、階上へと続く階段から姿を現した。その後ろにはホワイトベルハウスの執事のシーモアや、使用人たちの顔があった。

ヘンリーはフェイスの手を取ると、母屋《おもや》のほうへと彼女を誘い、青の部屋へと導いた。

「今日のきみは我が家のお客様だ。さあ、座って」

ヘンリーはそう言ってフェイスを椅子へと座らせた。まもなくテーブルの上にはたくさんのお菓子が山のように並べられた。シャボネル・エ・ウォーカーのチョコレートもあった。ルシアンがフェイスのところに持ってきてくれた大好きなお菓子が交じっていて、フェイスはなんだか泣きたいような笑いたいような気持ちになった。

「ヘンリー……、こんなによくしてくれて」

「私を頼ってくれて嬉《うれ》しいんだよ、フェイス。今更かもしれないが、一番きみが困っていた時に、私は何もできなかった」

「ルシアンは……」

「大丈夫、きみが来ていることは言ってない。侯爵と一緒に一週間ほどロンドンに行っているはずだ。安心してくれていいよ」

ヘンリーはフェイスとこれまでのことを話し合った。

ルシアンがフェイスを探しにモアランドパークから飛び出たあとは大変だったらしい。

「仕事は全く放りっぱなしだし、ちょっと目を離すときみを探しに行こうとふらっといなくなる。いなくなってしまうといつ戻ってくるかもわからないから、周りも気が気じゃない。とくに祖母が参ってしまって、寝込むようになってね……」

ヘンリーはため息をついた。

「それで、私が居場所を突き止めて、納得させる取引をしたんだ。フェイスを探すのを、私も祖母も全面的に協力する。代わりに、きちんとやることをやれってね」

「……だから、去年は社交のシーズンに侯爵様たちとロンドンに行ったのね」

「そう。あの時のリトンと侯爵を納得させるのはそれが精一杯だったよ」

フェイスはヘンリーに深く感謝した。大変な迷惑をかけてしまった。

「それにしたってきみがまさかアイルランドに行っているとは思わなかったが」

「……それで、マチルダ様は」

「うん……。トレヴァー医師もいろいろ手を尽くしてくれたが……。だが、リトンは最期に間に合った。よかったと思う」

「そう……」

「祖母も、フェイスのことを気にかけていたよ」

フェイスとヘンリーが話し合っている間にも、見知った顔の使用人たちがちょろちょろ顔を出した。フェイスは彼らと懐かしく言葉を交わした。

「ところでヘンリー、こちらには、ルシアンのお母様が住んでいたと言っていたけど、本当は閉じ込められていたんでしょう？」

「そうだが……リトンは母親のことを話したのか？」

「……ええ、まあ……」

フェイスは口ごもったが、ヘンリーはなぜか納得したように頷いた。

「そうか。きみには話したのか……。きみの言うとおりだよ、フェイス」

ヘンリーによると、クレアが亡くなったあと、ファーナム侯爵も自分のやったことに目を背けたくなったのか、領地と館ごと、侯爵の弟、つまりヘンリーの父に相続させたらしい。ろくな財産を持たなかったヘンリーの父は喜んで館と領地をもらい受けたが、数年後に彼も亡くなり、ヘンリーがすべてを相続した。

「私が相続してからだいぶ改装したが、この青の間はそのままだ。クレアのお気に入りの部屋だったそうだよ」

フェイスは、クレアが亡くなったという部屋も見せてもらった。それは、二階の隅《すみ》にあった開かずの間だった。今は使わない家具の物置になっていた。家具にはすべて埃《ほこり》よけの白い布が被せてある。

「この部屋は使わないの？」

「私とリトンが生きている間は使わないだろうな……。リトンの母は……浮気をしたのだから、被害者だけとはいえないかもしれない。だが……不幸な女性だったと思うよ」

ヘンリーは、家具の隙間から、大判の絵を取り出した。

「ごらん。これがリトンの母だ」

見事な絵だった。若き日の侯爵と、美しい黒髪の女性、その間にまだ幼いルシアンが描かれている。女性は目元がよくルシアンに似ていた。

その晩は、雪がちらちらと舞う寒い夜になったが、ヘンリーと晩餐《ばんさん》を楽しんだ。

皆が寝静まった夜半、フェイスは日記を手に、与えられた部屋から出て、クレアの部屋へと向かった。日記はきれいに包み、その上で赤いリボンで結んだ。

部屋は沈黙の中に沈んでいた。窓の外でちらつく雪が見えた。白い布で覆《おお》われた部屋は、まるで雪が積もっているようにも見えた。

家具の間を通り抜け、昼間に見た絵の前に立った。絵の中の黒髪の美女は、表情もなくこちらをじっと見ているようだった。

絵のそばのチェストの布を外すと、ふわりと埃が舞い上がった。この手のチェストの下には隠し引き出しがあると、エドワードとの遊びから知っていた。はたして、チェストの最下段に、羽目板に見える隠し引き出しがあった。積もった埃を払うと、隠し引き出しにその日記をしまった。念入りに仕掛けを施して、隠し引き出しが開かないことを確認した。

これで、まずは日記が見つかることはないだろう。

「この日記、あなたに返しますね……」

フェイスはそうささやいて、部屋を出た。

☆　☆　☆

フェイスが来たのは、十一月七日のことだった。ぼくはホワイトベルハウスの外で、彼女を乗せた馬車がやってくるのを見た。人影は一瞬にして建物の中に入って消えた。ぼくはそれでも外で館を見つめた。館の窓にうつる影のどれかがフェイスのものではないかと、あるいは少しでも声が漏《も》れ聞こえないものかとわずかに期待したからだ。

その晩は雪がちらちらと舞ったが、積もることもなく、翌朝にはやんでいた。

そして十一月八日がやってきた。予想もつかないことが起きたあの日が。

☆　☆　☆

翌日、荷造りを終えたフェイスは、モアランドパークまでヘンリーに送ってもらうことになった。マチルダの墓はモアランドパークの敷地内のチャペルにある。エドワードもモアランドパークにいるという。

フェイスはホワイトベルハウスの使用人たちに名残惜しく別れを告げた。この館にはもう二度と足を運ばないだろう。

夜に雪はちらついたが、積もるほどではなかった。重く雲の垂れ込めた空の下、二頭立ての箱馬車は、晩秋の荒地に拓《ひら》かれた道を進んだ。やがて馬車は懐かしいモアランドパークの敷地内に入り込み、屋敷から離れたチャペルの前で停止した。

ヘンリーは、フェイスを馬車から降ろすと、チャペルを取り囲む墓へと案内した。

「祖母の墓だ」

それは、掘り返された土もまだ新しさを残している、立派な墓だった。灰色の墓石に、マチルダの名前が刻み込まれている。

「マチルダ様……」

フェイスはその墓碑銘《ぼひめい》の前にかがみ込んだ。

彼女はマチルダの墓に、語りかけた。私のしたことでよかったのでしょうか？

だが、墓石は当然何も語らなかった。フェイスはゆっくり立ち上がった。

「ヘンリー。できたら、ルシアンのお母様の墓も教えてくれる？」

ヘンリーは少し驚いたようだったが、少し離れたところにある墓へと案内した。

クレア・ハンプトン・シャーブルック。フェイスはその墓碑銘をじっと見つめた。

「フェイス、そろそろ行くかい？」

ヘンリーはフェイスに声をかけた。彼女は頷いた。

チャペルまで案内されると、馬車の前にいた人影に、フェイスは目を丸くした。

「もしかして、エドワード様？」

「久しぶり」

フェイスは目の前に立っているエドワードを見て、驚きを隠せなかった。背丈はフェイスをとうに追い越している。丸々としていた顔の輪郭《りんかく》はすっきりとし、少年から大人に近づいた面差《おもざ》しになっていた。しかし、一番の変化はその表情だった。以前は少年特有の傲《ごう》慢《まん》さといたずらな輝きを目に秘めていたが、今は落ち着いた冷静さが目の奥に沈んでいる。

エドワードは馬車の前でフェイスの手を取った。

「なかなか学校を抜け出せなかったんだ」

ヘンリーは二人を見て言った。

「間に合ってよかった。最悪、駅での待ち合わせになるかと思ったよ。馬車の中でゆっくり話すといい」

「ヘンリー……」

「フェイス、ここでお別れだ。いつまでも、元気で」

「……あなたも。いろいろありがとうございます。忘れないわ」

フェイスは少しだけ微笑《ほほえ》んで、エドワードと馬車に乗り込んだ。

ヘンリーは、チャペルの前で馬車を見送ってくれた。馬車は、モアランドパークの、芝生の間に整えられたぬかるみの残る道を静かに走りだした。チャペルの前で佇むヘンリーの姿が小さくなっていく。

やがて、木立の陰に隠れて、ヘンリーの姿が見えなくなり、モアランドパークそのものも見えなくなっていった。

☆　☆　☆

ぼくは、あらかじめヘンリーに知らされていた。フェイスがモアランドパークの祖母の墓所にやってくると。ぼくは墓所のあるチャペルで彼女が訪れるのを密《ひそ》かに待った。話すことはできなくとも、姿を垣間見ることはできるだろうと期待をして。

ぼくは彼女を見た。フードの影に隠れた姿を。一心に墓所を見つめる姿を。馬車に乗り込む姿を。

……そして、木立の陰に紛れて、馬車がついに見えなくなり、ぼくはチャペルの扉を開けた。

「……これでよかったかい、リトン」

後ろを振り返らずに、ヘンリーは言った。

「もちろんだ、ヘンリー。感謝するよ」

ぼくは静かに答えた。

☆　☆　☆

モアランドパークをあとにして、二頭立ての箱馬車は、秋の荒地に拓かれた道を進んだ。荒地は、すでに秋を迎えて一面を枯れ葉色に染め上げている。荒地を渡る風がひゅうひゅうと音を立てる。そのたびに枯れ葉色の灌木《かんぼく》たちは一斉に波打って、まるで海のようにも見えた。

「フェイスはこれからどうするんだい？」

声変わりして以前よりも低くなった声で、エドワードは尋ねた。

「どうしようか……、考えてるんです」

エドワードは少し笑ったようだった。以前の子どもっぽいエドワードのものとは違う、少し低くてかすれたような不思議な声色《こわいろ》だった。

「家庭教師のミス・マナリングのことは聞いた？」

「いいえ？　なにかあったんですか？」

「フェイスを兄さんの部屋で殴ったのって、エヴァ……ミス・マナリングなんだ」

「……まあ。じゃあ、泥棒も……？」

「うん。そうらしい。ぼく、ショックだったよ。信頼してたのに、どうして我が家から物を盗んだのか。彼女は言ってた。欲しかった、自分のものが欲しかった、ただそれだけだって」

家庭教師は、上級使用人なので、ただのメイドのフェイスよりも恵まれている。だが、ミス・マナリングは元は貴族の令嬢だ。きらびやかな生活をする侯爵家の人々のもとで働くのは辛いことだったのかもしれない。

「そう言われて、エヴァがもう何年も同じドレスを着てたことに気づいた。フェイスだってそうだったよね。ぼくは次々に新しい服を作ってたのに」

「……だからって、エドワード様に何かできたわけではないでしょう?」

フェイスの言葉に、エドワードは少し沈黙してから口を開いた。

「フェイス、ぼく、謝らないといけないんだ」

エドワードはフェイスのほうに顔を向けた。

「きみと兄さんが朝に図書室で会っていると父さんに言ったのはぼくなんだ」

フェイスはエドワードの言葉に目を瞠《みは》った。

「正直に言うよ。ぼくは、兄さんとフェイスが仲良くしているのを……ずるいと思った。ぼくのことをほったらかしにして、二人で楽しく本でも読んでるかと思うと、すごく……腹が立ったんだ」

エドワードは少しだけ口を閉じたが、やがてまた言葉を紡《つむ》いだ。

「うん、今ならわかるよ。フェイスも兄さんもそれどころじゃなかったって。でもあの頃ぼくはまだ本当に子どもだったんだ。父さんや母さんが、ちょっと兄さんに注意して、昼間にぼくも一緒に遊んでもらえるようになったらいいって、そう思ってたんだ。ぼくが言ったことが何を引き起こすかなんてわかってなかった。だから……」

エドワードは喉《のど》を引きつらせるように息をのんだ。

「父さんがあんな風にフェイスを追い出すなんて思いもしなかった。どうしてフェイスが追い出されたかわからなくて、周りの人に聞いたぐらいだ」

フェイスは、エドワードを見た。彼の表情は硬くこわばっていた。

「自分がとんでもないことをしたんだってわかったのは、兄さんがあんな風に取り乱したのを見てからだよ」

「ルシアンがずいぶん荒れたというのは聞いたけれど」

エドワードは苦く笑った。

「フェイスが出て行ったあとの兄さんは……。兄さんは、幽霊《ゆうれい》みたいになってきみを探して歩いた。兄さんがどれだけフェイスのことを思ってたか、ぼくはそれでようやくわかったんだ。父さんが止めても探すのをやめなかった。兄さんが帰ってきている時はしょっちゅう口論が聞こえたよ。家中がひどい雰囲気になってしまった」

「エドワード様。あなたが侯爵様に言わなくても、いずれ私たちのことはみんなに知られていたと思うんです。だからあなたが気に病む必要はないです」

フェイスは静かに言った。しかし、エドワードは首を振った。

「フェイス、ぼくは考えなしの子どもだったんだ。世の中の仕組みを知らず、自分のことしか考えられなかった。だけどそのせいで、兄さんやフェイスだけじゃなく、家族全員がばらばらになってしまった。お祖母様も亡くなってしまった」

エドワードは言い募った。

「フェイスと兄さんの間のことだって、あのタイミングでなければ、もう少し軟着陸できる解決策があったんじゃないかって、何度考えたかわからない。ぼくが無知で考えなしだったせいで」

エドワードはそこで言葉を切った。

「フェイス、ごめん。ぼくは、本当にひどいことをしてしまった。謝っても、どうしようもないこともわかってる。でも、ぼくは……」

「エドワード様」

フェイスはエドワードの言葉を遮《さえぎ》った。

「ああいうことがあったから、ルシアンが私にとってかけがえのない人だと心から理解できたんです。ルシアンもそうだと思います。アイルランドで一緒に過ごせたのも、ああいうことがあったからかもしれません。短い間だったけど、私たち、本当に幸せだったんですよ」

エドワードははっとしたようにフェイスを見つめてくる。フェイスは、膝《ひざ》の上にある彼の手に手を添えた。

彼はやがて頷いた。二人はしばらく手をつないだまま馬車に揺られていた。恋人のようにではなく、姉弟《きょうだい》のように。

「……戻ってきてからのルシアンは、落ち着いてますか？」

フェイスの言葉に、エドワードは頷いた。

「うん。いつもの兄さんに戻ったよ。父さんも母さんもほっとしてると思う」

こちらを見るエドワードの視線を、フェイスは受け止めた。

「でも、前とは違う。何が、っていうのはうまく……言えないけど。きっと、短い間でもフェイスと一緒にいられたからなんだろう？」

馬車の中の空気が少しだけゆるんだ。

駅に向かう残りの短い時間を、二人は他愛もないことを話して過ごした。フェイスはアイルランドの緑の丘のことを。エドワードは寄宿学校の新しい日々のことを。

馬車はリポンの駅にたどり着いた。鉄道の到着時刻は先なのか、馬車が停まっているぐらいで、駅に人の姿はまばらだった。御者《ぎょしゃ》に手伝ってもらってトランクを降ろし、とりあえずの切符を買った。そこから先どうするかは、その時考えるのだ。

「じゃあ、フェイス、元気で」

「エドワード様も。ヘンリーたちにもよろしく」

フェイスはエドワードと別れの挨拶《あいさつ》を交わすと、馬車を見送らずにきびすを返した。

列車が来るまではまだ時間があった。

トランクを重ね、その上に座り込むと、駅舎の向こう、木々に囲まれた草原、石垣に区切られた畑、そしてさらに荒地の先へも続く長い長い線路を眺めた。

やるべきことはすべて終えた。

フェイスはどこに行ってもよかった。そして何をしても。

これでよかったのだ。母のようにならないためには。認められない間柄から生まれる不幸の連環から逃れるためには、これで、よかったのだ……。

完璧な解放を得て、しかしフェイスが思い起こすのはルシアンのことばかりだった。

これから先も、ルシアンのことばかり考えて過ごすのだろうか……。

冷たいものがふと頬《ほお》に触れた。見上げると、鈍《にび》色の空から、ちらりちらりと雪がひらめいているのが見えた。まるで、あの日のようだった。伯母《おば》に連れられて荷馬車に乗った、あの十歳の日の。

ふいに、フェイスの脳裏に、母の最期の声がよみがえった。母は、何と言っていただろうか。『あの人に、会いたい』と。最後の最後まで、そう言ってはいなかったか。

天啓《てんけい》のようにひらめいたその言葉に、フェイスは愕然《がくぜん》とした。

そうだ。母は、最後まで父を求めて、そして死んでいった。真に母の命を奪ったのは、貧困でも、飢《う》えでも病でもなく、父のいない悲しみだったのではないか。

「……お母さん」

だとすれば、自分はとんでもない間違いを犯したのではないか。母のようになるまいと、もがき、あがいた末に、たどり着いた先は、同じところではないのか。

愛する者のいない、不毛の世界……。

「ルシアン……」

自分の中の思いに沈み込んでいたので、彼女はそばに馬車がやってきたのも気づかなかった。馬車のドアがぱっと開くと、後ろから手が伸びて彼女を捕まえてきた。フェイスは驚いたが、抵抗も空《むな》しくあっという間に中に引きずり込まれてしまった。

☆　☆　☆

すべてが終わってしまったという虚脱感がぼくを包んでいた。ぼくはホワイトベルハウスの青の間で静かに座り込んでいた。やがてヘンリーがウイスキーを持ってやってきた。

「初めてフェイスがホワイトベルハウスに来たのも、この部屋だったな」

「……そうだな」

「思えば、ホワイトベルハウスもきみにとっては因縁のある館だな。この青の間は、きみの母親が気に入っていた部屋だというし。フェイスに説明したら感慨深げだったよ」

ぼくはヘンリーを見上げた。ぼくは母について他者に語ることはなかったからだ。

「母のことをフェイスに話したのか」

「きみがフェイスに話したんじゃないのか。全部知ってるようだったぞ」

「ぼくはフェイスに母のことは一言も話してないぞ」

ぼくとヘンリーは、目を合わせて黙り込んだ。その時、部屋に控えていた執事のシーモアが、遠慮がちに声をかけてきた。

「ヘンリー様。実は昨日、フェイスが夜中に例の物置部屋……クレア様の部屋にこっそり忍び込んでいたようなのです」

ヘンリーは眉をひそめた。

「夜中にたまたま見かけたのですが、明らかに人目を避けている様子で……。疑ったわけではありませんが、ホワイトベルハウスの物に万一のことがあってはと思い……」

「それで?」

「何かを盗《と》ったというわけではないのですが、これを見えないところにしまい込んでいたようで」

「よく場所がわかったな」

「埃を払った箇所が目立っていましたから。それに隠し引き出しにしまっていたので、何か意図があるのかと思いお持ちしました」

シーモアがヘンリーに差し出した包みには、赤いリボンが結ばれていた。見覚えがあった。フェイスが持っていた物だ。ヘンリーがシーモアに聞いた。

「中を見たのか?」

「いいえ、見ての通り結ばれていますし、わたしは何も見ておりません」

その時、血相を変えたエドワードが飛び込んできた。

「兄さん、フェイスがさらわれた」

エドワードは息を切らしながら、ぼくにしがみついてきた。

「エドワード、何を言ってるんだ。フェイスを駅に送ったんだろう?」

「そうだ。フェイスを駅に送った。ぼくはフェイスを置いて馬車で帰ろうとしてた。汽車が来るまで時間があったから、フェイスがトランクの上に座り込んで待ってるのが窓から見えた。そこに馬車が近づいたんだ。妙な感じがしたんで、ぼくの馬車から何気なく見ていたら、次の瞬間にはその馬車は走りだしてた。フェイスが座っていた場所はなにもなくなってた。荷物も一緒に」

ぼくはぞっとしてエドワードに詰め寄った。

「どうして追いかけなかったんだ！」

「こっちは箱馬車で向こうは二輪馬車だ、スピードではどうしたって追いつけないよ」

なおも言い募ろうとするぼくを、ヘンリーが止めた。

「落ち着けよ、リトン。エドワードの判断は間違ってない。追いつけなくてもたもたしてるより、誰かの力を借りたほうがいい」

「でも、どうしてだ？　誰が何のために？　フェイスをさらってどうするんだ」

フェイスは確かに侯爵に領地に入らないよう言われていた。リポンは領地の外だ。わざわざ追い出す必要もない。それに、誘拐《ゆうかい》したところで、たいした金も価値あるものも持っていない。そこではっとした。

「待て、エドワード、さらった人間を見たのか」

エドワードはかすかに震えながら頷いた。

「見たことがあるんだ。あれは……エヴァだ」

沈黙がおりた。ミス・マナリングがフェイスを？　どうして？　何のために？

「……エドワード、荷物もなくなってたのか」

「うん。トランク二つもなくなってた」

「さらうにしても、あんな、見るからに重そうな、粗末なトランクを持っていく必要があったのか？　それとも、フェイスが何かを持っていると……？」

　ぼくがつぶやくと、そばで聞いていたヘンリーがシーモアから受け取った包みを見た。リボンをあっという間にほどくと、中にあった分厚い本をめくり始め、それからしばらくして息をのんだ。

「どうしたんだ、ヘンリー、何かフェイスと関係あるのか」

「いや、違う、これはフェイスとは……」

　明らかに顔色を変えて、ヘンリーはうめいた。ぼくはヘンリーに詰め寄った。

「その本が何なんだ、一体」

　ヘンリーは本を閉じてぼくから一歩後ずさった。

「この本は燃やす。こんな本は最初からなかったんだ。くそっ、どうしてフェイスがこんなものを……！」

「ヘンリー？」

　本をつかむ手が震えている。ただならぬヘンリーの様子に、ぼくも一瞬ひるんだ。

「何が書いてあるんだ。フェイスがさらわれた原因なのか？　ぼくにも見せろ」

「だめだ、見るな！」

　ヘンリーは本を背後に隠した。

「きみは見るな。私も読んでない。誰もこの本の存在は知らないんだ」

ぼくはヘンリーから本を奪おうとしたが、彼はそれを拒んだ。もみ合いの過程で本は床に落ち、本を奪おうとするぼくと、させまいとするヘンリーはとっくみ合いになっていた。ぼくたちの横で、エドワードが本を拾い上げた。これまでに何度もめくられ、広げられたらしきページは、本を開けた瞬間に、何もしなくても彼の前に自然に開かれた。

「『愛しいあなた……』」

エドワードはそれを声に出して読んだ。

「『あなたの息子を一度でも抱いてもらいたい。それが不可能であることはわかっていても、願わずにいられないのです。愛するあなたと共に、ルシアンを……』」

そこでエドワードは言葉を切った。とっくみ合っていたぼくたちもまた動きを止めていた。

☆　☆　☆

フェイスが目を覚ますと、そこはどこかの狭い小屋か納屋《なや》の中のようだった。窓はなくて、建て付けの悪い木の壁の間から薄い光が差している。家具もなく、床もなく、地面の上に直《じか》に藁《わら》が敷いてある。そして、どういうわけだか彼女は後ろ手に縛りあげられた上に柱にくくられ、全く動けなかった。

目が慣れてくると、その藁の上に、フェイスのトランクの中身がぶちまけられているのがわかった。誰かが中身を漁《あさ》ったのだ。

探している。何かを。彼女の持ち物の中に価値のあるものはほとんどない。ましてや、こんな風に駅から誘拐して、柱に縛りつけてまで手に入れようとするものは。

「……本」

フェイスはかすれた声を上げた。ルシアンの秘密を記したあの本。

誰かが知ったのだ。ルシアンの秘密を。そして、秘密の証拠となる本を、マチルダからフェイスが譲り受けたことに気づいた。幸い、あの本はもうホワイトベルハウスに隠してある。あの奥にしまってしまえば、解体でもしない限り、気づかれないはずだ。

……でも、誰が？　なぜ？

フェイスが頭を巡らせていると、納屋の扉が開いた。曇《くも》り空の薄暗い光が差し込んだ。それは女だった。

「ようやくお目覚めね。本当に、手間を取らせる……」

扉が閉まる。フェイスは目を細めた。ミス・マナリング。そうだ。エドワードの家庭教師だったミス・マナリング。しかし、目の前の女性は、以前のミス・マナリングとは全く印象が違った。以前の彼女は、質素ながらも清潔な身なりで知性あふれる女性だった。しかし今の彼女は、かろうじて身なりは整えているものの、荒廃した表情でフェイスを見下ろしていた。

「……どうして」

フェイスはかすれ声を上げた。モアランドパークで盗みを働き、解雇されたはずではなかったのか。

「どうして？　フェイス、おおむね予想できてるんじゃないの？　私が何を探しているのか」

「……何のこと」

「日記よ。わかっているでしょ？　マチルダから受け取って、あなたは読んだはず」

フェイスは息をのんだ。ミス・マナリングは、どうしてマチルダから日記を受け取ったことを知っているのか。そして、日記の内容を、知っているというのだろうか。なぜ。

「私、字が読めないのよ」

フェイスは震える声で言った。少なくとも、モアランドパークにいた時には、字はろくに読めなかった。ミス・マナリングもそれは知っているはずだ。

「ヘンリーのところに届いた立派な手紙はあなたが書いたんでしょう？　今さら字が読めないふりをしなくてもいいわ。どうして知っているかって？　ルシアン同様私たちもあなたのゆくえを知りたかったからよ。マチルダの本を持っているあなたをね。どこにいるかわからない人間を探すのは大変よ。でも、あなたに会っていた人間の行動を逆にたどるのは難しくないのよ。帰ってきたルシアンのたどったルートを逆にさかのぼればあなたにたどり着く。アイルランド。そして、アイルランドからモアランドパークかホワイトベルハウスに届いた手紙をチェックすればいいのよ。ヘンリーの館の使用人にお金を渡して手紙をのぞき見てもらうのは難しくないわ。

あなたが戻ってくるのはわかっていたのよ」

ミス・マナリングはそこまで言うと、フェイスにゆったりと笑みを向けた。

「あなたは読んだはずよ。ルシアンが、不義の子である証拠を」

フェイスは息をのんだ。

「……あなたが、ミス・マナリング、どうしてルシアンのことを知っているの。どうしてルシアンの秘密を探しているの」

「知りたいわよね。教えてあげるわ。最初からよ。侯爵夫人にエドワードの家庭教師に雇われた時に、この秘密を暴く協力者になるように言われたのよ」

「……侯爵夫人が……？」

「今の状態は、シャーブルック家にとって、正しい状況とはいえないの。ルシアンがファーナム侯爵になるということは、シャーブルック家とは関係のない者が爵位を継ぐということよ。そして、本来ならば正統な後継者であるエドワードの機会を奪うことになる。それは正しいことではないでしょう？」

その言葉はフェイスをえぐった。確かに、以前のエドワードでは、危なっかしかっただろう。けれど、彼もまた時を経《へ》て確実に成長している。エドワードの機会を奪う……。ルシアンを守るということはそういう側面もあるのだ。フェイスはかろうじて答えた。

「……マチルダ様は、すべて知っていながらルシアンを選んだのよ。ファーナム侯爵にふさわしいと。そして私にあの本を託した。だから私はそれを守るわ」

「あの老婦人ね。ずいぶん厄介《やっかい》な重荷をあなたに背負わせたものだわ。お気の毒に。でもあの老婦人が正しいとどうして言えるの？」

フェイスは口をどうにか開いた。

「じゃあ、あなたたちが正しいという証拠はあるの？　だいたい、どうやって侯爵夫人はルシアンの秘密を知ったの」

「先代侯爵夫人、クレア・ハンプトンからの伝言よ」

「ルシアンの、お母さんの……？」

「そう。クレアは孤立していたわ。侯爵とはうまくいかず、姑《しゅうとめ》のマチルダは反目し合っていた。おまけにマチルダは、ルシアンを可愛《かわい》がるあまりクレアから引き離してしまい、ファーナム侯爵の後継者として守りきろうとした」

それは知っていた。ルシアンと引き離されたクレアがどれだけマチルダを恨んでいたか、そして、やがては会いに来ないルシアンにさえ恨みを抱いていったことは、あの日記を読んで知っていた。

「クレア・ハンプトンは孤独の中で何もかも恨んで、ルシアンさえも憎んで一人死んでいったのよ。そして、シャーブルック家への復讐に、最期に爆弾を残していったの。難しいことではないわ。幽閉《ゆうへい》されていた彼女にさえできる手段よ。死に臨み、形見分けという形でマチルダに日記を届けたこと。そして、ルシアンが法的に成人に達する二十一歳の誕生日に、いずれ来るであろう後釜の侯爵夫人に手紙が届くように手配をしておいたのよ。手紙の内容は、ルシアンの父親がファーナム侯爵ではないということを匂わせたもの。それにその証拠となる本をマチルダが持っているということも」

　目の前がぐるぐる回るようだった。ミス・マナリングの告げる内容はあまりにも非情だった。クレアは、ルシアンの母親はそこまで周囲を憎んでいたというのか。

「手紙を受け取った侯爵夫人は、マチルダの目をかいくぐって、あの本を手に入れ、事実を明らかにすることにしたのよ。私と協力して」

「……でも、どうしてマチルダ様がその本を本当に持っていると思ったの。そんなものはそもそもないかもしれないし、燃やしてしまったかもしれないわ」

「そうね。そうかもしれない。でも、それがクレア・ハンプトンの狙いだったのかもしれない、そうは思わない？　死んだはずの自分の手紙がシャーブルック家に混乱をもたらし続けるのよ。マチルダは愛する孫の正統性を隠し続けなければいけない。クレアのあとに来るであろう侯爵夫人は、存在するかわからない日記を探しながら、我が子が侯爵の跡継ぎかもしれないと思い悩み続ける。そして、すべてが明らかになった時、ルシアンも、侯爵本人も、これ以上ない痛手をこうむるのよ」

ミス・マナリングはフェイスの目の前にしゃがみ込んだ。

「フェイス、あなたは私を破滅させたのよ。あの晩餐会の日、私がどうしてルシアンの部屋にいたか、知っている？　もしかしたら、ルシアンが日記を持っている可能性もあるかもしれないと、侯爵夫人と相談して探しに行ったのよ。晩餐会で、あの部屋には誰も来るはずがなかったのに、あなたが来てしまった。だから私はあなたを殴って逃げたのよ。そのせいで大騒ぎになってしまった。あなたがあの時、あの部屋に来なければ、誰にも知られずに済んだのに。今となっては、私はモアランドパークも解雇されて、侯爵夫人のお情けでなんとか生きつなぐしかない。命令通りあなたを誘拐して、日記の在《あ》り処《か》を探すしかないんだわ。エドワードがいつか跡継ぎになれたら、また戻れるかもしれないもの」

「……あなたは日記とは関係なく、侯爵家の品も盗んで売り払ったんでしょう」

「でも、あなたが来なければ、盗まれたことは当分わからず、時間が経ったあとなら、私がしたこともおそらくばれなかったでしょう」

「ばれなければいいの？　ミス・マナリング、そんなことを繰り返していたの？」

ミス・マナリングはフェイスを見下ろした。

「あの時が初めてよ。ねえ、だって、フェイス。私は本当は家庭教師なんてしているはずじゃないのよ。何年も前にロンドンの社交界にデビューして、裕福な紳士と結婚するはずだったのよ。侯爵家にあるようなものは、私だって手にしていていいはずだったのに。なのに私は、子どものお守りをして過ごして、もう三十も越えてしまったわ。誰も愛することなく、愛されることもなく……」

ミス・マナリングがゆがんだ笑みを浮かべた。

「ねえ、フェイス。あなた、ルシアンに愛されたんでしょう？　私を破滅させておいて、いい身分ね」

フェイスは戦慄《せんりつ》した。どうしようもなく恐ろしいものを目の前にしている気がした。

「私……私は」

「教えたくない気持ちもわかるわ、すぐに話さなくてもいいのよ。あなたに口を割らせる方法はいくらでもあるもの。存分に苦しんでから、最後に話してくれればいいのよ」

☆　☆　☆

青の間にいた全員が、本に記されていた内容が意味するところをたちどころに理解した。ぼくの母の不貞《ふてい》を。ぼくの出自の真実を。ファーナム侯爵の真の後継者は誰かということを。それを明らかにするために、ミス・マナリングが本を探していたということを。

「母さんだ……」

エドワードは言った。ミス・マナリングが解雇されたあとも、侯爵夫人は彼女の面倒をみていたらしい。侯爵領からははずれた、ウィンフィールドに小さな家を借りて、彼女を住まわせていたという。

「ぼくも時々、エヴァが気になって会いに行ってたんだ。ある時、母さんとエヴァが言い合っているのを聞いて……。ぼくが入っていったら言い合うのをやめたけど、その時に、秘密とか、後継者とか言っていたから、何のことだろうって思ったんだ。それが……」

エドワードは半ば泣きそうになった。

「この本は、燃やそう」

だが、ぼくは首を振った。

「結論を出すのは早い。今すべきなのは、フェイスを助けることだ」

ヘンリーはもはや何も言わなかった。思い返せば、祖母が亡くなったあとの侯爵夫人の行動は奇妙なところがあった。葬儀が終わるやいなや、遺品を整理すると言い張り、祖母の部屋に入り込んでいた。あれは、祖母の遺品の中からこの本を探していたのかもしれない。

ともあれ、なぜ、フェイスがさらわれたか明らかになった。侯爵夫人の手の者が、ぼくの秘密を記した本を手に入れるために、彼女をさらったのだ。フェイスがこの本を持っていると思い込んで。

ただちにフェイスを探しに行くことになった。ぼく、ヘンリーとエドワードの三人が馬を用意してリポン駅に向かった。応援を頼むことはできなかった。あまりにも内容が深刻だった。どのような結論を出すにせよ、知るものは少ないほうがいい。

ぼくとヘンリー、エドワードの三人は馬を猛スピードで駆らせた。

とにかく急がなければならない。フェイスを見つけだし、フェイスを助けだす、それだけを考えようとした。しかし、それはとてつもなく難しいことだった。

ぼくは本を懐《ふところ》に、必死に馬を走らせた。ヘンリーやエドワードから、自分がどのように見えているにせよ、心は千々《ちぢ》に乱れていた。衝撃は、じわじわと体中に広がっていく。

ぼくが父の子じゃないだって？　つまり、シャーブルック家の血を一滴も引いていないということなのか？　祖母も、ヘンリーも、エドワードも、誰一人自分の身内ではないというのか？　ファーナム侯爵の後継者でもなく、リトン子爵でもない。いずれ自分のものになると思っていたすべてが幻《まぼろし》で、この土地に足を踏み入れている資格さえないのかもしれない。自分を自分たらしめているもの、構成するすべてがばらばらになっていくような気がした。

馬を走らせながらも、麻《ま》痺《ひ》するような感覚が全身を包み、身体が震えた。ぼくの心の動揺を感じ取ってか、馬が神経質にいなないた。ヘンリーがぼくの気配を感じて速度をおとし、エドワードに先に行くように促《うなが》すのがわかった。

　急がなければならないのはわかっていた。それでもやり場のない苦しみが身体を覆って、震えが止まらない。やむなく馬を止めて降りた。鞍《くら》に頭をつけて目を閉じる。襲いかかる動揺を押さえつけようと深呼吸する。

「リトン」

「ヘンリー、少しだけ待ってくれ。少しだけ……」

　ヘンリーが馬を降りて近づいてくる気配がした。

「リトン。私が先に行って周辺を捜索するから、きみはこのあたりで休んでるか？」

「……いや、大丈夫だ。すぐに行ける」

　ヘンリーはぼくの肩を抱いた。

「リトン。私はきみのいとこだ。たとえ本当は血がつながっていなくても、いとこであり続けるつもりだ。エドワードもきっときみの弟であり続けるよ。間違いない。信じてくれ」

　ヘンリーの言葉に、熱いものが喉元にこみ上げてきて、ぼくは苦しくなった。今ほど、この三つ年上のいとこのことをありがたいと思ったことはなかった。

　どうにか息を吐きだすと、顔を上げる。

　このことはあとで好きなだけ考えればいい。今考えるべきはフェイスのことだ。

「行けるか？」

「行く」

ぼくは再び馬に乗り、ヘンリーと共に馬を駆った。

リポンの駅にたどり着くと、エドワードが駅舎の前の広場にしゃがみ込んでいた。

「フェイスを乗せた二輪馬車の跡だ。エヴァの借りている家のほうだ」

幸いなことに、前日の雪の名残で、道はまだ多少のぬかるみが残っており、轍《わだち》の跡がはっきりと見て取れた。轍は、北のほうへと向かっている。北には小さな村があるはずだった。我々は轍の跡を追って、村へと向かった。やがて馬車の轍は村へと続く道を逸《そ》れた。草道に轍は見えにくくなったが、その先に小さな小屋が見えた。

様子をうかがうために、ぼくは馬を降りて小屋へと向かった。朽ちかけた小屋からは物音一つしない。建て付けの悪い板壁の間をのぞくと、中は暗く、最初は何もわからなかった。だが、目が慣れてくると中の様子が見えてくる。藁の積まれた地面の上に、乱雑に何かが散乱している。だがそれ以外に何もなかった。……いや。

ぼくは入り口へと身を翻《ひるがえ》した。戸口は開いた。あっけなく。

薄暗い小屋の中に夕日が差し込んだ。藁の上には、中身をぶちまけられたトランクが広げられていた。そしてもう一つ、隅のほうに倒れ込んでいる人影があった。女だった。彼女は血を流していた。黒っぽい血が、周囲に広がって、藁に吸い込まれている。

ぞっとしながらも、ぼくは彼女に駆け寄った。ミス・マナリング。まだ息があるが、傷は致命傷なのがわかった。

エドワードとヘンリーが小屋の中に入ってくる気配がした。銃痕《じゅうこん》だった。腹に一発、肩に一発。

「エヴァ……エヴァ！」

エドワードがうめいて、彼女のもとにひざまずいた。

「エヴァ、どうしてこんなことに……！」

エドワードの声に、彼女はうっすらと目を開けた。ミス・マナリングはエドワードとぼくを見やった。エドワードは泣きだしていた。ミス・マナリングは喘《あえ》ぎながら言った。

「フェイスが、連れていかれたのよ。あのひと、裏切った……」

「裏切り？　他に仲間がいたの？」

「トレヴァー……トレヴァーが私を撃って」

思いもかけない名前に、ぼくは凍りついた。

「……どうして。どうしてトレヴァーがフェイスを連れていくんだ!?」

ミス・マナリングは血の泡を口の端に浮かべて、もはや答えることはできなかった。

☆　☆　☆

フェイスはこれほど恐ろしいと思ったことはなかった。

彼は、トレヴァー医師は、小屋の中に突然入ってきた。手にはアメリカ製のリボルヴァーを持っていた。ミス・マナリングはトレヴァーにたちまち撃たれ、血まみれになって地面にのたうち回った。目の前で起きた惨劇《さんげき》に、フェイスは動くこともできなかった。トレヴァーはこちらを見ると、言った。

「戻るなと忠告したはずだったが、フェイス」

彼はフェイスをくくっていた柱から解放したが、縛られた手はほどかなかった。そのまま引きずるように外に連れだし、ミス・マナリングが乗ってきたとおぼしき馬車にフェイスを放り込んだ。そして馬車を走らせた。

夕暮れの、ところどころぬかるみの残る道を馬車は走った。フェイスの隣に座って馬の手綱《たづな》を操るトレヴァーはささやいた。

「どうして私がここにいるのか、という顔をしているな、フェイス」

フェイスはすくみあがっていた。ミス・マナリングよりもずっと恐ろしかった。

「……あなたは、侯爵夫人の仲間だったの？」

フェイスの言葉に、トレヴァーは笑いだした。

「私が？　侯爵夫人の？　まあ、そうとも言えるな。つい先ほどまでは仲間だったのかもしれない」

「……それなのに、あの人を撃った」

「そうとも。私の目的を果たしたからだ。フェイス、きみを手に入れるために、彼らと協力した。目的を達成した以上、彼らを生かす必要はない」

フェイスにはわけがわからなかった。

「私？　私をどうして」

「もう少し正確に言おう。私には、きみがマチルダから受け取った本が必要だったが、私一人で探しだすのは困難だった。それで、同じくあの本を探していた侯爵夫人に手を貸すことにしたのだよ」

ああ、またあの本だ。だが、どうしてトレヴァーがあの本を欲しがるのだろう。

フェイスの疑問を感じ取ったのか、トレヴァーは答えた。

「簡単なことだ、フェイス。あの本は私のものだ。私たちの愛を綴ったものなのだから。クレアは復讐のためにマチルダにあの本を渡したが、本来は我々二人のものだ。クレアの言葉を綴った本を取り戻したいと思うのは当然だろう」

『私たちの愛を綴った本』。

フェイスは耳を疑った。

「……つまり、あなたは……」

「私の本当の名はルーカス・マッケイ。ルシアンの父親だ。若かった頃、私はクレアと愛を綴り、愛を交わした。残念ながら引き離され、私は軍隊に放り込まれたがね」

トレヴァーの話を聞きながら、フェイスは様々なことがつながりだすのを感じた。

「……そして、私は軍隊で、ある軍医に目をかけられ、医療を学んだのだよ。だが、ある作戦で私のいた部隊は壊滅的な状況に陥《おちい》った。私を可愛がってくれた軍医も亡くなった。彼の名は、モーゼス・トレヴァー」

「あなたは、本物のトレヴァー医師になりすましたのね」

トレヴァーはさらりと答えた。

「ルシアンとクレアのそばにいるには、ルーカス・マッケイのままではいられなかったからね。もっとも、私が除隊した頃にはクレアは亡くなっていたが」

フェイスはめまいを覚えた。なんということだろう。トレヴァーがルシアンの父親。あの本に綴られた言葉は、すべてトレヴァーに向けられたものだったのだ。

「クレアは、死に臨んで私にも手紙を残したのだよ。どこにいるかわからない私のために、ストークの郵便局に局留めにしておいたのだ。私に届くと思っていたかどうかはわからないが……。クレアの手紙には、すべてが記してあった。ルシアンが私の息子であることも。日記をマチルダに渡したことも。後添いになるはずの侯爵夫人に手紙が届くように手配したことも。その上で、私がどうするかは私が決めるがいいと書いてあった」

「……私が、本を持っていると、どうして……」

「話したことがあっただろう、ケシとベラドンナとダチュラの成分を掛け合わせて体内に取り込むことで、あらゆることを自白させることができると。それを使ってマチルダから、本がどこにあるかを聞きだした。そして、きみが本を持っていることを知った」

「でも、その自白剤を使ったあとは……」

彼は薄く微笑んだ。

「覚えていたか？　そうとも、死んだよ。マチルダは私にきみのことを告げて、息を引き取った。ミス・マナリングから聞いたのだろう、マチルダの悪行の数々を。クレアからルシアンを奪い、孤立させ、そして孤独の中で死なせたのだ。まあ、ルシアンを侯爵にするために尽力したことは評価していいがね。マチルダがしたことを思えば、私が与えた死は、ずいぶん慈悲深いものだとは思わないか？」

フェイスは信じられない思いでトレヴァーを見つめた。この男は、マチルダを殺したのだ。長く彼女を治療すると見せかけて。医師という身分を利用して。

「……ミス・マナリングを撃つ必要は……」

「あの女も思えば哀れだ。侯爵夫人などに義理立てして。ルシアンが廃嫡《はいちゃく》された暁《あかつき》には自分にも少しはおこぼれにあずかれると信じたのだろうか。愚《おろ》かなことだ……」

トレヴァーは言った。

「フェイス、クレアが亡き今、私の目的は一つだ。ルシアンを侯爵にする。

侯爵夫人と私は、ある部分で目的が一致した。あの本を取り戻すということだ。一方で、最終的な目的は真逆だ。私はルシアンを侯爵にしたい。彼女は、ルシアンを廃嫡させたい。それで、こう結論を出した。本を手に入れるまでは侯爵夫人に協力する。本を手に入れたあとはできるだけ速やかに彼女と協力者に退場いただく。そしてきみも」

　血にまみれた計画を、トレヴァーは淡々と語る。

「どうしてあなたはそこまでして、ルシアンを侯爵にしたいの」

「彼が私の息子だからだよ、フェイス。貴族でもなんでもない、馬丁だった私の血を引く息子が侯爵になり、この土地を治めるのだ。彼が私の息子だということは、私以外誰も知らなくていい。そうして秘密は完璧となる」

　フェイスは震えた。かつてトレヴァーの家で見つけた、ルシアンの記事を集めたスクラップブックのことを思い出した。彼は、自分が名乗りを上げることもできない息子の記事を、ひたすら集めていたのだ。彼はどのような気持ちでそれを眺めていたのだろう。亡くなった恋人への愛と、息子への思慕と。そしていつしか、彼の息子であるルシアンに、自分自身を投影したのかもしれない。

「そう、あとは、きみと侯爵夫人がいなくなれば、もはやルシアンの秘密は誰にも知られない。ルシアンが侯爵になることに誰も疑問を持たない」

　そして、トレヴァーはフェイスに目を向けた。

「フェイス、きみはルシアンにはふさわしくない。ファーナム侯爵の妻はしかるべき身分の者がなるべきだ。言ったはずだ。ここには二度と戻るなと。なぜ戻ってきた？　きみがもしアイルランドにいたままならば、ここまではしなかっただろう。本を取り戻しにベルファストに行くぐらいはしただろうが」

冷水を頭からかぶったような寒気が全身を駆け抜け、身体が震えた。この男は何のためらいもなく、やってのけることだろう。この男は、自分を殺す。

「いや、フェイス。きみは何も言わなくていい。人は嘘《うそ》をつく。だが、あの薬の前では、誰もが真実を話す。きみは、本の在り処を私に告げたあと、眠るように息を引き取るんだ。これは決まったことだ」

☆　☆　☆

ぼくは、馬をひたすらに走らせ、トレヴァーとフェイスが乗っているはずの馬車を追った。ミス・マナリングは虫の息だった。彼女はおそらく助かるまいが、エドワードにあとを任せ、外に飛び出した。ヘンリーがあとに続いているはずだが、ぼくは引き離してしまった。トレヴァーの診療所はわかっていた。ところどころぬかるみのある道の状態はあまりよくなく、馬車には不利なはずだった。それでも、フェイスを助けるのに間に合わないかもしれないという恐怖が、ぼくを駆りたてていた。

トレヴァーの目的が、今ぼくが持つ日記だというのは予想がついたが、どうしてフェイスを連れていったのかわからない。目的がわからないことが余計に恐怖をあおった。

ぼくは急いだ。フェイス。ぼくの小さな恋人のもとへ。

☆　☆　☆

馬車は夕暮れの道を走り、闇《やみ》が追いつく頃にトレヴァーの診療所の前に止まった。

途中、どうにか逃げ出そうとしたが、ひどく殴られてしまい、それも不可能となった。

診療所の裏には頑丈な扉で仕切られた薄暗い部屋があり、引きずられるように中に連れていかれた。そこで長椅子に座らされてなにかとてもまずい薬を飲まされた。殴られたせいで体中のあちこちが痛くてたいした抵抗もできず、飲むしかなかった。しばらくすると頭がぼうっとしてきた。トレヴァーが目の前でなにか銀色に光る器具を用意しているのがわかったが、意識を集中するのも難しく、ぼんやりと見守るしかなかった。

やがてトレヴァーは、フェイスの手を縛っていた紐《ひも》をほどいた。ぐったりと長椅子の背にもたれかかっていると、トレヴァーはフェイスの左腕を持ち上げて、肘《ひじ》掛けの上に乗せ紐で固定した。

「……ねえ、私、死んじゃうの」

「そうだよ」

トレヴァーの答えに、フェイスは涙がぽろぽろとこぼれるのを感じた。

「ルシアンに……会いたいわ……」

「フェイス、心配しなくてもいい。きみの大事なルシアンはこの先も繁栄を手にして幸せに暮らす。私が見届けるよ」

トレヴァーは、優しげに言った。左腕にひんやりとしたものが当てられると、刺すような痛みが走った。フェイスは痛みにうめいたが、やがて心臓がどきどきと早鐘《はやがね》を打ち、夜だというのに目の前が明るくなりだした。頭の中がぐるぐると回り、それでいてふわふわと浮き上がるような心地になる。

目の前を、今まで出会ったたくさんの人が通り過ぎていく。母。ホープ伯母さん。ヘンリー。エドワード。マチルダ。そして……ルシアン。

「フェイス……」

すぐ近くで声がした。それはまるで空から聞こえる割れ鐘のようだった。

「正直に話してごらん。嘘をつく必要はない……」

……嘘。そうだ。ルシアン……。

「私は嘘をついてきたんだわ……」

フェイスはつぶやいた。思い浮かぶのはルシアンのことばかりだった。

目の前の影は、ひどく耳障《ざわ》りな声で言った。

「フェイス。教えてくれ。きみはマチルダから本を受け取っただろう」

「……本」

フェイスはぼんやりと答えた。

「どこにあるかわかるかい」

「……あれは……」

フェイスが答えようとした時、眩《まぶ》しい光が部屋の中に飛びこんできて目がくらんだ。

「フェイスから離れろ！」

うなり声と共に黒い獣《けもの》のような塊《かたまり》が目の前を通り過ぎ、フェイスに語りかけていた影が突き飛ばされた。フェイスはぐらぐらと揺れる視界の中で、影が倒れ込むのを認めた。影は床の上でうめいた。

「あんたが欲しいのはこの本だろう、くれてやる、こんなもの！」

黒い獣は、懐から本を取り出すと、床でのたうつ影に投げつけた。

「……ルシアン！　どうしてきみが……。これを読んだのか！」

「ああ、読んだとも。トレヴァー、さぞ満足だろう、ぼくがシャーブルックの血を引いていないと知って！」

「ルシアン、私はきみを侯爵に……」

「侯爵の子でないぼくにその資格はないさ。あんたの思惑通りなんだろう？　喜べよ。真実を知った以上、ぼくは跡継ぎになる気はないんだから」

「黙っているんだ！　誰も知らなければ、そのまま侯爵になれる」

「……なんなんだ、あんた。何を言ってるんだ？」

「ルシアン、私は」

「くそっ、あんたの事情なんて知るか、そんなことはどうでもいいんだ」

黒い獣はそう言って影を蹴《け》りつけた。影はそれきり動かなくなった。

「フェイス！　フェイス！」

それは獣ではなかった。ルシアンだった。ルシアンはフェイスに駆け寄ってくると、すぐに左腕をくくっている紐を引っ張ってほどき始めた。

「ルシアン……」

フェイスは嘆息した。目の前がちらちらしてよく見えない。でも、これは、ルシアンの匂い。ルシアンの熱。本物の、ルシアン。

「フェイス、くそっ、フェイス、しっかりしろ！」

ルシアンは紐をほどき終えると、フェイスを抱き上げてきた。ルシアンに触れたい。フェイスは手を上げようとしたが、うまく動かなかった。

「フェイス！」

口の中がからからに乾いていくのがわかった。

「……ルシアン……ン。アイルランドで、私は嘘をついた。」

フェイスはルシアルシアンがそばにいると思われる方向に向けて言葉を紡いだ。

「離れていても平気なんて……嘘。私は、本当はいつでもあなたと一緒にいたい……」

「フェイス、ああ、フェイス」

ルシアンがぎゅっと身体を抱きしめてくるのがわかった。こんなに身体が苦しいのに、ルシアンがそばにいてくれるのが嬉しくて、フェイスは微笑んだ。

「フェイス、ぼくもだ、ぼくもきみといたい。だからしっかりしてくれ。フェイス！」

フェイスはルシアンの声を聞いた。いつまでも聞いていたい声。そばにいて、ルシアン。いつまでも、私のそばに……。

☆　☆　☆

その後のことを語ろう。

ぼくはトレヴァーの部屋に飛び込んだが、フェイスはすでに薬物を投与されたあとだった。トレヴァーはわけのわからないことを言っていたが、ぼくにはどうでもいいことだった。

最後の時、フェイスはぼくに語ってくれた。ぼくと一緒にいたいと。

あとからやってきたヘンリーが、トレヴァーを連行していった。日記は明らかにされざるをえなかった。知らせは届いただろう。ロンドンから父は帰ってくるはずだ。

ぼくたちは今、ホワイトベルハウスにいる。フェイスは目覚めない。

これから先、ぼくがどうなるのかはわからない。周りの環境のすべては変化するだろう。ぼくはもはや侯爵の後継者ではない。混乱が訪れるはずだ。だが、それすらも今は遠く感じられる。今、目の前にいるフェイスが目覚めない、ぼくにはそれしか考えることができない。

☆　☆　☆

暗闇の底に引きずり込まれて、そこから身動きがとれなかった。

最初にあるのは闇。音もなく、光もなく、なんのにおいもしない。ただ、水の上に揺られるような不思議な感覚だけがあった。やがて、ごくまれに、様々な音が、ざらざらと、遠くから聞こえてくるようになった。それが人間の声だというのがわかったが、誰が話しているのかも、その内容も、判然とはしなかった。

しばらくすると、誰かが時々こちらに話しかけているのがわかった。なじみのある、好ましい声が聞こえるたびに、空っぽの暗闇の世界にぬくもりと優しさがにじむような気がした。暗闇と静寂が絶え間なく押し寄せる中、優しい声はふいに訪れては去っていく。声が聞こえるたびに、ささやかな光が闇をぬぐい去った。あえかな光は意識の中に、東雲のように薄く薄く広がっていく。

ある時、突然声は意味をなした。単なる心地よい音でしかなかった声は、言葉となって耳の中に響いた。

「……がわかるのか？　フェイス、大丈夫だ、必ずよく……」

なじみ深い闇に包まれて沈んでいき、また浮上する。繰り返されるたびにいくつもの声が聞こえるようになっていった。

「……致死量まで至っていなかったらしいが、それでも大量のモルヒネとベラ……」

「……ので、よくなるのか」

「必ずよくなる。……も、時間が必要なんだ……」

「フェイスとルシアンは、ホワイトベルハウスにいつまでいてくれても構わないよ……」

肌に温かいものが触れている気がした。おぼろげな感触は、内側にたゆたう意識を外側に広がる世界へと引きずりあげた。

ルシアン！

突然脳裏に浮かんだ言葉は、驚くほど明瞭に、彼女の心に広がった。

「フェイス？　聞こえてるのか」

もちろん、聞こえている。答えたかったが、彼女にはまだ外側に伝える方法がわからなかった。

それから、少しずつ暗闇から外側の世界に意識が向かうようになった。まぶたを透かす光の加減から、昼と夜がわかるようになった。

彼女の枕元に、何人もの人が訪れては、去っていく。誰がやってきたのかは、声からわかった。メアリーが来て、ヘンリーが来た。エドワードも時々やってきた。一度は、ファーナム侯爵までやってきたのがわかった。そして、たいていの時はルシアンがそばにいるのだった。ルシアンは、毎日彼女に話しかけてくれた。その内容がわかる時もあったし、闇にのまれてよくわからない時もあった。

ある時、エドワードが本を持ってきた。

「兄さん、トレヴァーが監獄に移送されてすぐ亡くなったって知らせが入ったよ」

「……そうか」

「……結局、あいつの動機はなんだったんだろう。黙ったままだったね」

「あの本を手に入れて、ぼくを陥れることだったんだろう。そのためにフェイスに自白剤まで使ったんだから」

「そう推測するのが自然だろうけど……。兄さんのことが公《おおやけ》になってからは心ここにあらずって様子になってしまって、何も話さなかったし……」

エドワードは釈然としない口調だったが、やがて穏やかに尋ねた。

「どう、フェイスの調子は。ずいぶん痩《や》せちゃったし、寝たままでは心配だね……」

「水やスープだったら飲むんだよ。それに声をかけると少し反応するんだ。話しかけてやってくれ。喜ぶと思う」

エドワードは持ってきた本を読み上げてくれた。ヒロインが謎の国で涙の池にはまったところでエドワードは帰っていった。

翌日から、ルシアンは本を読み上げてくれた。わかりやすい子ども向けの本だったが、フェイスは眠りの底で物語を楽しんだ。ルシアンは、読み終えたあとでこう付け加えた。

「今日からはぼくの日記も読むよ。前に見たいって言っていただろう」

かさかさと、ページをめくる音がした。

「人に見せるつもりで書いたわけじゃないから、読み上げるのもどうかとは思うけど……。少しでもきみの心に届く可能性があるなら、読むよ」

ルシアンはそう言って静かに読み上げ始めた。

一八九六年五月一日
今日、森で奇妙な娘に出会った。壊れた橋の状況を調査しているところだった。そもそもが、普通にしていたらあり得ない状況だ……

次の日、ルシアンは一日留守にしていた。日が暮れて部屋が暗くなったあとに戻ってきたが、彼女の枕元に座ったまま長いこと黙り込んでいた。やがて、彼女の頬に触れ、首元に顔をうずめると、小さな声で言った。

「今日、エドワードが正式にファーナム侯爵の後継者と認められた。ぼくは今日からルシアン・ハンプトンだ」

ルシアンの震えが伝わってきた。

「ぼくにはきみだけだ。フェイス……ぼくにはもう何も残ってない」

くぐもったうめき声が聞こえて、温かな水滴が首元を伝った。彼女はルシアンを抱きしめたかった。けれども指一本動かすことはできなかった。彼女には何もできなかった。

寒さは日々募っていった。冬の日は長かった。ルシアンは毎日本を読み上げてくれた。エドワードの持ってきてくれた子ども向けの本を読み終えると、『三番目の月影』を読み出した。フェイスがアイルランドに持っていった懐かしい物語だった。本を読み終えると、そのあとに、少しずつ日記を読み進めていった。フェイスは知った。出会った初夏の日、ルシアンが何を思っていたのか。彼女がいなくなったあとに、どうやって探しだしたのか。

時々、ルシアンは彼女を抱き上げて、テラスに連れ出してくれた。外に出るたびに空気のにおいは変わった。ルシアンの腕の中で、冬の雨の音を彼女は聞いた。

一八九八年十二月八日

父が……もう父と呼ぶべきではないか。ファーナム侯爵がホワイトベルハウスに訪れた。あの事件があって以来の再会だった。ファーナム侯爵はたったひと月で驚くほど老け込んで見えた。事情はすべて聞いたのだろう。フェイスのことで、言い争うことが多かったが、ぼくは彼のことを尊敬していたのだと、改めて思い知った。

ファーナム侯爵は、当分、ホワイトベルハウスに逗留《とうりゅう》するのか、と尋ねてきた。ぼくは、フェイスが回復するまで待ちたいし、行く当ても今のところは思い浮かばないから、しばらくはヘンリーの厚意に甘えるつもりだと答えた。侯爵は、意外にもフェイスを見舞った。このような結果になるなら、わざわざおまえたちを引き離す必要はなかったな、と彼は言った。そして、おまえが息子ではなかったことが、残念だ、とつぶやいた。

残念だ、と、侯爵は言ってくれた。前妻にカッコウのように託卵《たくらん》され、あげく真実を突きつけられた。ぼくのことを憎しみの対象としてもおかしくないはずなのに。それなのに、ぼくを惜しんでくれた。……ぼくにはそれで十分だ。

夜はまだ長かったが、それでも少しずつ、夜明けが早くなるのをフェイスは感じた。日のある時間が長くなると、その分だけ意識がはっきりするような気がした。

枕元からよい匂いがした。品のよい凛《りん》とした花の香りは、春を思わせるものだった。

一八九九年一月二十七日

エドワードが久しぶりにフェイスを見舞いに来てくれた。スノードロップが岸辺に一面咲いていると、花束にして持ってきてくれた。もう春が来る。

フェイス、聞こえているだろう。そろそろ目を覚まさないか。愛しているよ。

「……愛しているよ」

目覚めは唐突だった。水の底から引き上げられたように、身体は重く感じられた。目の前に様々な色彩がぼやけて広がり、瞬《まばた》きするたびに視野は明瞭になっていく。

「わたしもよ」

フェイスははっきりと言ったつもりだったが、実際はかすれた声にしかならなかった。それでもルシアンにはすぐにわかったようだった。

「……フェイス?」

「ルシアン、わたしもよ」

ルシアンの手のひらが、頬を撫《な》でた。その温かな感触を、フェイスは楽しんだ。ルシアンは言った。

「……おはよう、フェイス」

「おはよう、ルシアン」

フェイスの回復はゆっくりだったが、水仙が咲き、クロウタドリが鳴き始める頃には寝台を離れることもできるようになった。そして、眠っていた間に起きた様々なことを知った。

エドワードがファーナム侯爵の正式な後継者になったこと。侯爵と侯爵夫人は別居することになったこと。ミス・マナリングは結局助からず、トレヴァーは彼女を殺した罪で監獄に入ったが、その後すぐに自死したこと。

……結局、トレヴァーは、今回の騒動について一切黙して語らず、従容《しょうよう》として監獄に赴いたという。ルシアンの父親だということも最後まで言わなかった。ルシアンを侯爵にするという望みが絶たれたからなのか。それとも……。フェイスにはわからなかった。

やがて、ブルーベルが咲き匂う季節がやってきた。寝たままで過ごした間に衰えた筋肉を取り戻すのには時間がかかったが、フェイスはほぼ健康を取り戻していた。

ある晴れた日、二人は、モアランドの湖のほとりの岸辺で過ごした。

湖の背後には森が広がっている。青い絨毯《じゅうたん》のように森の中いっぱいに広がるブルーベルが、風が吹くたびにさざなみのように揺れる。カッコウの鳴き声が聞こえる以外はどこまでも静かだった。

「ホワイトベルハウスを出ようと思う」

岸辺に敷いた毛布の上に、二人は座り込んでいた。

「どこに行くの?」

「母から継いだ土地がある。それから、祖母が……相続人が限定されていない土地と館をぼくに相続するよう遺言を残していたんだ」

「マチルダ様が……」

「侯爵領と比べれば微々たるものだから全く気にしていなかったけど、祖母はこうなる可能性も少しは想定していたのかな……。ただ、ルシアン・シャーブルック宛《あて》だったから、ルシアン・ハンプトンにその遺言が適用されるか、判断が保留になっていた」

ルシアンは静かに言った。

「でも、ファーナム侯爵が認めてくれた。そこへ行くと思う」

「侯爵様が……」

「感謝しているよ。状況を考えれば、顔も見たくないかもしれないのに、きちんと向き合ってくれた。ぼくは……それで十分だ」

　考えてみれば、今回のことで最も割を食ったのはファーナム侯爵かもしれない。前妻の不義が発覚し、現在の妻とは別居することになり、期待をかけていた息子とは血がつながっていないことが判明した。かつて自分を打ち据えた侯爵に、怒りを覚えた日もあったけれど……。

「お気の毒ね……」

「エドワードが支えているよ。あいつは、ここ最近、本当にしっかりしてきた。きっと立派に役目を果たすよ」

　ルシアンは一度言葉を切った。隣に座るフェイスに目を向ける。

「……フェイスはあの本にいつ気づいたんだ？」

「アイルランドで。ずっと気づかなかったの。封蝋もされていたし。マチルダ様は、きっと、本当にルシアンに跡を継いでもらいたかったのよ……。でも、あなたのお母様を追い詰めた罪悪感から、あの本を燃やすこともできなかった。だから、字をあまり読めなかった私に渡したんだわ。私はモアランドから追い出されたし、価値もわからない。でも、マチルダ様からもらったとなれば絶対に大切にするもの」

「まわりまわって、すべては元のところに落ち着いたけどね」

ルシアンは落ち着いた声で言った。フェイスは気遣わしく彼を見た。

「大丈夫だよ。きみが寝ている間に、十分考える時間があったからね」

フェイスは黙ってルシアンの手を握った。

「確かに、ぼくはとてもたくさんのものをなくしたけど、得たものもある。エドワードもヘンリーも変わらずつきあってくれる。それがどれだけ素晴らしいことか」

ルシアンは微笑んだ。

「フェイス、ぼくと一緒に来てくれないか？　貴族のようには暮らせないだろうが、今のぼくならきみの夢を叶えることはできる」

フェイスは胸が熱くなるのを感じた。震える声で言った。

「覚えてるの」

「覚えてる。家を持って、家族をつくるんだ。そうだろう？」

フェイスは、涙があふれてくるのを感じた。

「……うん。ルシアン、私……」

彼が差し出そうとしているものが、彼女にとってどれだけ尊いものか伝えたかったのに、言葉にするにはその思いはあまりにも深すぎた。それで、フェイスはルシアンの胸に飛び込んだ。それは、何よりも雄弁に彼女の思いを伝えていた。

エピローグ

一九一〇年六月十四日

ぼくはファーナム侯爵の長子として生まれ、リトン子爵として育った。そして、すべての虚飾をはぎ取られ、今はただのルシアン・ハンプトンとして生きている。その変化は小さなものではなく、どちらが本当のぼくなのか、時々考えることがある。しかし、ぼくの愛する妻のフェイスと、ぼくたちの子どもの姿を見るたびに、そんなことはどうでもいいのだと思い直す。結婚して十年、これほど長く暮らしていても、彼女への愛が尽きることはなく、共に過ごせる幸運に祈りを捧げたくなる。

母の遺《のこ》したストークの領地と、祖母の譲ってくれた領地は、侯爵領に比べれば小さいものだったが、ぼくたちが食べていくには十分だ。あのアイルランドのグリーンハウスによく似た小さな館がぼくたちの家で、フェイスは立派に切り盛りを果たしている。

今ではエドワードがファーナム侯爵として領地を治めているし、ヘンリーは、驚くようなロマンスの末に愛する女性と結ばれて、今もホワイトベルハウスに暮らしている。

ぼくたちは今でも時々ホワイトベルハウスに集まる。それぞれの子どもたちが集まり過ごす時の賑やかさは、ぼくたちを微笑《ほほえ》ませてやまない。

フェイスは、ぼくたちが採取してきた木の実で、ラズベリーコンポートを作り、チェリーパイを作り、いちごタルトを作る。ぼくたちはそれを皆で分けて食べ合う。

その味は、ぼくを束の間の過去へと誘《いざな》う。あの夏の日。アイルランドで過ごしたきらめく夏。宝物のような日々。

だが、家族たちと過ごす今この時の幸せは、あの夏の日のものとは種類の違う、はるかに広く、また豊かなものだ。だがそれも、すべてフェイスがもたらしてくれたのだ。フェイスと出会う以前のぼくは知り得なかった深い愛、愛する者と共に過ごす時の豊かさ、そして家族をつくる喜びを。

そして、ぼくたちは、愛し続けるだろう。

命ある限り、愛し続けるだろう。

※この作品はフィクションです。実在の人物・団体・事件などにはいっさい関係ありません。

集英社オレンジ文庫をお買い上げいただき、ありがとうございます。
ご意見・ご感想をお待ちしております。

● あて先
〒101-8050　東京都千代田区一ツ橋2-5-10
集英社オレンジ文庫編集部 気付
森　りん先生

集英社
オレンジ文庫

愛を綴る

2020年1月22日　第1刷発行

著　者　森　りん
発行者　北畠輝幸
発行所　株式会社集英社
〒101-8050東京都千代田区一ツ橋2-5-10
電話【編集部】03-3230-6352
【読者係】03-3230-6080
【販売部】03-3230-6393（書店専用）
印刷所　図書印刷株式会社

※定価はカバーに表示してあります

ISBN 978-4-08-680303-8 C0193

ゆきうさぎのお品書き
風花舞う日にみぞれ鍋

集英社オレンジ文庫

喜咲冬子

流転の貴妃

或いは塞外の女王

後宮の貴妃はある時、北方の遊牧民族の
盟主へ「贈りもの」として嫁ぐことに。
だが嫁ぎ先の部族と対立する者たちに
襲撃され「戦利品」として囚われ、
ある少年の妻になるように言われて!?